DESCOBRINDO OS CLÁSSICOS

ERA NO TEMPO DO REI

LUIZ ANTONIO AGUIAR

editora ática

Era no tempo do rei

Editora-chefe	Claudia Morales
Editor	Fabricio Waltrick
Editor assistente	Roberto Homem de Mello
Preparação do original	Maria Sylvia Corrêa
Coordenadora de revisão	Ivany Picasso Batista
Revisora	Cátia de Almeida
Seção "Outros olhares"	Baby Siqueira Abrão
Colaboração	Fabiane Zorn
Estagiária	Grazielle da Veiga

ARTE

Diagramadora	Thatiana Kalaes
Editoração eletrônica	Estúdio O.L.M.
	Eduardo Rodrigues
Pesquisa iconográfica	Etoile Shaw
Ilustrações	Ivan Zigg
Ilustrações de Manuel Antônio de Almeida	Samuel Casal
Edição eletrônica de imagens	Cesar Wolf
Estagiária	Gabriela Cesar

CIP-BRASIL. CATALOGAÇÃO NA FONTE
SINDICATO NACIONAL DOS EDITORES DE LIVROS, RJ

A23e
2.ed.

Aguiar, Luiz Antonio, 1955-
Era no tempo do rei / Luiz Antonio Aguiar ; ilustrações Ivan Zigg. - 2.ed. - São Paulo : Ática, 2009.
112p. : principalmente il. -(Descobrindo os clássicos)

Baseado em: *Memórias de um sargento de milícias* / Manuel Antônio de Almeida
Contém suplemento e apêndice
ISBN 978-85-08-12445-9

1. Literatura infantojuvenil brasileira. I. Almeida, Manuel Antônio de, 1831-1861. Memórias de um sargento de milícias. II. Zigg, Ivan, 1959-. III. Título. IV. Série.

09-1121. CDD: 028.5
CDU: 087.5

ISBN 978 85 08 12445-9 (aluno)
CL 736567
CAE: 246252

2023
2ª edição
10ª impressão
Impressão e acabamento: Gráfica Elyon

Av. das Nações Unidas, 7221 – CEP 05425-902 – São Paulo, SP
Atendimento ao cliente: 4003-3061 – atendimento@aticascipione.com.br
www.coletivoleitor.com.br

ERA NO TEMPO DO REI

O jovem Leonardo só queria impressionar Izabel, sua amiga de infância. O resultado, porém, é literalmente um desastre. Acaba batendo o carro do pai, que ao saber da confusão quase tem um ataque cardíaco. Atormentado pela sensação de culpa, Leonardo resolve arrumar um emprego para pelo menos pagar o conserto do carro.

Logo aparece uma oportunidade: trabalhar como ledor — pessoa que lê textos em voz alta para deficientes visuais — para a avó de Izabel, dona Sofia, amante da literatura. Com essa atividade, começa toda uma nova experiência de vida para o garoto.

No livro que lê para dona Sofia — o clássico *Memórias de um sargento de milícias*, de Manuel Antônio de Almeida — Leonardo se identifica com o personagem principal: um rapaz impulsivo, irrequieto, avoado, sempre metido em confusões. Muito parecido com ele e que, ainda por cima, também se chamava Leonardo.

A leitura não apenas faz o Leonardo do século XXI começar a gostar de literatura como também o leva a repensar seu jeito de ser. O garoto amadurece. Com seu esforço, consegue ganhar o dinheiro de que precisava. Também percebe que entre ele e Izabel agora existem sentimentos diferentes da amizade do tempo de criança.

Acompanhando as peripécias paralelas dos dois Leonardos, o leitor também se depara com outra personagem importantíssima deste livro: a literatura. Ela mesma, que, além de ser uma companhia tão preciosa para dona Sofia, estimula Leonardo a abrir novas janelas em sua vida.

Os editores

Os trechos de *Memórias de um sargento de milícias* que constam em *Era no tempo do rei* foram retirados da edição publicada pela Ática na Série Bom Livro (31ª ed., 2002).

SUMÁRIO

*Para Leo, meu afilhado querido, arteiro e peste,
como se deve ser, e alegre, e lindo, lindo!*

Era no tempo aqui e agora...

Recuado da calçada e quase oculto, em meio aos paredões dos prédios, existe um portão duplo de metal pesado, dois metros e meio de altura, que fora pintado e repintado de tantas cores diferentes e sofrera tantos e tantos anos de fuligem de trânsito que ficou como se vê agora, de cor indefinível. É o único acesso para uma vila de casas antigas, que não dá para se avistar da rua. O chão da vila é de paralelepípedos, uma alameda arborizada, ao longo da qual, quanto mais se avança, mais o barulho dos carros e do bairro se distancia, até desaparecer. Quanto mais se adentra a vila, também, mais antigas vão ficando as casas. As da ponta da rua são ainda as mais modestas. Já no final da vila, no extremo mais recolhido, há uma casa centenária, a mais antiga de todas, com janelões coloniais e sacadas estreitas, de batente de pedra e com grades de ferro batido, negro. É nessa casa — tão de outro tempo, mas ainda tão conservada, imponente e bonita, como se o tempo não a tivesse gasto — onde começa nossa história, que junta presente e passado. Mais exatamente no segundo andar, uma ampla biblioteca de estantes de madeira cobrindo quase a totalidade das paredes até o teto, e de assoalho de tabuões corridos.

E aqui, melhor deixar a cena acontecer...

• 1 •

Um moço da pá virada

— Dona Sofia! Dona Sofia! Pega ele fuxicando nas suas coisas! — berrou a Pepê, ainda da porta, que abrira de supetão às costas de Leonardo, dando um tal susto no garoto que ele deixou cair o objeto que tinha na mão, uma espátula antiga, de abrir páginas de livros, com lâmina de bronze e cabo de ônix. Ao bater no chão, o cabo espatifou-se. Ao ver isso, Pepê soltou outro berro, chamando dona Sofia, e saiu correndo pelo corredor ao encontro da patroa.

"Minha nossa!", sobressaltou-se Leonardo em pensamento. E apesar do impulso de fugir e nunca mais mostrar as caras naquele casarão, ficou paralisado, sem querer acreditar no desastre que tinha acabado de provocar — "Outro!"— , olhos agarrados nos pedaços do que fora o cabo da espátula, enquanto Pepê bradava, descendo o corredor ao encontro da dona da casa:

— Eu bem que avisei. Não disse? Esse aí não presta. Desde pequeno. Um mau elemento. Vem ver, dona Sofia!

Dona Sofia deteve seu passo lento e cauteloso e deu um sorriso, já percebendo Pepê, ofegante, bufando, à sua frente. E por causa do sorriso dela, Pepê teve de engolir em seco, porque já ia repetir, insistente, "Vem ver! Vem ver, dona Sofia", quando se deu conta da besteira que estava dizendo. Mas a raiva era mais forte e ela logo emendou-se:

— A senhora não está pensando em ficar com esse garoto fuxicando aqui na sua casa, está? No que peguei ele em flagrante, ainda quebrou uma daquelas suas faquinhas de estimação. Não contei o que ele fez no carro do meu filho? Olha, dona Sofia...

De novo, mais um verbo que ela vivia se proibindo de pronunciar diante da patroa. Pepê brecou outra vez, mas continuou ofegante. Dona Sofia não disse nada. Na verdade, o constrangimento de Pepê a divertia tanto que jamais pensara em conversar com ela sobre a inutilidade de evitar palavras. "E já são dezesseis anos... quando ela vai aprender?", pensou dona Sofia. Sua mão encontrou com facilidade o ombro ossudo de Pepê, pousando nele, como a lhe pedir calma. Pepê soltou um sonoro suspiro de inconformidade e deu passagem à patroa, que, seguindo sua trilha costumeira no corredor, chegou à porta da biblioteca.

E logo que entrou no ambiente, sentiu vontade de dar uma risada. Mas conteve-se... Não saberia dizer quando desenvolvera aquela sensibilidade toda especial, que extraía do silêncio em torno as sensações das pessoas que estavam com ela no ambiente. Coisas que outras pessoas traduziriam do que viam estampado na face, uns dos outros, mas que ela simplesmente captava. Foi do silêncio da biblioteca, então, que não só confirmou a presença de Leonardo como teve a certeza de que o garoto naquele momento estava em pânico.

— Foi uma espátula que você quebrou? — perguntou dona Sofia, sem nenhuma irritação na voz.

— A-acho que foi... uma coisa para abrir envelopes, não é?

— Ou livros. Antigamente, as páginas dos livros vinham sem corte, e a gente passava a espátula na beirada, à medida que ia lendo, para abri-las. Não precisamos mais delas para isso, hoje em dia, mas a coleção que você está vendo foi do meu pai, depois passou para mim e eu a mantenho porque... porque gosto de coisas relacionadas a livros.

— Quer dizer... que essa coisa é bem antiga, né?

— Qual delas foi? Foi o cabo que se partiu?

— Foi. É uma com o cabo verde. Acho que é mármore, não é?

— Ônix. É do século XIX. Francesa.

— Eu pago! — apressou-se a dizer Leonardo, embora já preocupado. Tinha vindo até ali para conseguir dinheiro para pagar um prejuízo que causara... e de cara arranjara mais outro.

— Se você fizer a gentileza de reunir todos os pedaços... Bem direitinho, viu? Mesmo os menores. Vamos ver o que um restaurador pode fazer.

— Mas se for para colar, eu mesmo posso fazer. De graça. Pode deixar comigo, que vai sair uma beleza, dona Sofia!

— Não, Leonardo... — e dona Sofia não conseguiu resistir a acrescentar, sempre prendendo o riso... — O risco é menor se entregarmos isso a um restaurador profissional, você não acha...? Pode catar os pedaços?

— S-sim, senhora! — respondeu Leonardo, sem graça e já se agachando.

E nesse instante, Pepê surgiu de volta, o rosto encovado, vermelho, pior, roxo, de raiva. Parecia que o pequeno intervalo só fizera aumentar a irritação dela.

Pepê era uma das mais antigas moradoras da vila. Era viúva — seu marido, morto há mais de dez anos, fora marceneiro. Quando ela se aposentou de seu emprego de merendeira de escola, manteve o trabalho de costureira para fora, com o qual — orgulhava-se de dizer — conseguira pagar os estudos de seu filho, um médico recém-formado. E passou também a trabalhar para dona Sofia. Pepê era poucos anos mais velha do que dona Sofia. Seu trabalho na casa era vir toda manhã e, permanecendo mais ou menos até a hora do almoço, quando ela e dona Sofia faziam juntas a refeição, ou vez por outra até o final da tarde, dirigir a faxina e as compras, a cargo de duas outras empregadas, pagar contas, correio e, coisa muito importante para dona Sofia, verificar que nenhum móvel ou objeto fosse movido do seu lugar.

— Dona Sofia — Pepê grunhiu —, a senhora não pode estar pensando mesmo em ter esse garoto andando pela casa. Conheço esse aí desde criança. Não tem consideração com ninguém. Nasceu torto e não tem jeito, nunca vai dar coisa direita. Sempre atormentou a vila, a vizinhança tem horror a ele! Já quebrou coisa sua, na qual não tinha nada que mexer, e não faz nem cinco minutos que entrou aqui. Ponha ele para fora antes que aconteça coisa pior, estou avisando.

Mais uma vez, Leonardo sentiu vontade de fugir dali, e deixar Pepê bradando às suas costas. Pepê era sua vizinha de porta, desde que se lembrava de alguma coisa na vida. E nunca fora com a cara dele. Desde criança, também, ele a ouvia dizendo coisas como aquelas. E não podia dizer que não dera motivo. Mas, ali, naquela biblioteca, nunca aquelas palavras lhe doeram tanto. Ainda mais porque num relance percebeu que não fora apenas de Pepê que ouvira coisas semelhantes. E isso também desde que se lembrava de alguma coisa na vida. Gente apontando, tomando satisfações da mãe dele, berrando com ele...

"Até o papai... foi assim que ele falou quando... quando...".

E foi o último pensamento, o rosto de seu pai, congestionado, sanguíneo, os olhos se revirando para dentro, que o fez reagir, como se respondesse a seu Nasário:

— Foi sem querer! — exclamou Leonardo.

— Sem querer? Foi também o que você disse sobre o carro do meu filho.

— Já prometi que vou pagar o conserto — berrou Leonardo sentindo-se contra a parede.

— Vai? Quando? E com que dinheiro, seu malandro? Sem contar o que você fez com o seu pai... foi sua culpa, sabia?

E nesse exato e indispensável instante veio-lhe à mente a imagem do rosto de Izabel. Izabel, que estaria lá embaixo, esperando por ele, ansiosa para saber como correra o encontro com a avó, dona Sofia. Izabel, fitando-o com um carinho que, ele sentia, ninguém mais demonstrava por ele. E foi o que lhe valeu para começar a acalmá-lo.

— Escuta aqui, dona Petronília!... Vamos parar, tá?

E então o ar quedou-se, imobilizado. E dir-se-ia talvez que fumacinhas roxas foram ejetadas das narinas de Pepê, junto com um chiado de panela de pressão pedindo socorro. E que seus olhos começaram também a desfechar setas envenenadas e flechas incendiárias. Leonardo fizera de propósito. E ria, agora, deliciado, com a raiva pipocando pelos poros do rosto da sua vizinha. Acontecia que até os passarinhos que docemente cantavam nos galhos das árvores da vila sabiam que a coisa que Pepê mais detestava no mundo era o seu nome, ou seja, que a chamassem pelo seu nome inteiro. Dona Sofia, evidentemente, farejou a eminência da explosão e interveio, precisa:

— Pepê... — O tom de voz de dona Sofia foi suave, mas suficiente. Até então, ela se limitara a registrar com toda a atenção as reações do garoto.

Ao chamado da patroa, Pepê como que brecou e em seguida soltou mais uma bufada, cravando seus olhos muito negros em Leonardo. Mas entendeu que o melhor era não dizer mais nada. Virou as costas e deixou a biblioteca, pisando duro no assoalho.

— Venha, Leonardo, vamos nos sentar — convidou dona Sofia.

Sem hesitação, dona Sofia virou-se em direção ao centro do aposento, onde havia uma mesinha com uma boa luminária antiga, pedestal comprido de bronze, base de mármore róseo e cúpula de louça, e duas confortáveis poltronas *bergère,* uma junto da outra. Recuada, numa parede oposta à janela, uma escrivaninha de mogno, bastante ampla, fechada, com uma banqueta da mesma madeira. Havia duas outras cadeiras, fazendo um par, também de mogno, estofadas no encosto e no assento com um macio couro negro, e uma escada com rodinhas, que permitia acesso às prateleiras mais altas, todas estas peças encostadas a uma parede. E mais nada. Não havia tapetes nem outros móveis, além das poltronas e da mesinha, no miolo do amplo aposento. Tudo para facilitar que dona Sofia, que morava naquela casa do final da vila desde que nascera, e que ficara cega aos treze anos, uma vista depois da outra com intervalo de poucos meses, andasse sem tropeços.

Sentaram-se e ficaram em silêncio; dona Sofia, a expressão do rosto imperturbável, voltada para Leonardo como se o escaneasse com seus olhos opacos. "O que será que esses olhos enxergam?", perguntou-se o garoto, sentindo-se intimidado, para logo a seguir recriminar-se, também mudamente: "Mas que besteira! Para de pensar besteira!" Já vira tantas vezes aquela senhora, que era uma figura meio mítica na vila. Todos a conheciam, lembravam-se de sua família, de sua história. Todos gostavam dela. Leonardo chegava a estranhar que nunca antes tivessem conversado.

Só que não eram apenas os olhos de dona Sofia que o incomodavam. Era todo o ambiente. Havia uma pergunta entalada logo abaixo do pomo de adão de Leonardo, uma pergunta que ele jurara deixar ali onde estava, entalada e tudo, até chegar em casa, e poder então engoli-la para sempre, mas jamais soltá-la para a senhora, não, de jeito nenhum. Pois sim, jurar, jurara. E jurara de novo, e reforçara o juramento, e de tanto ficar repetindo o juramento, jurar e rejurar, se distraiu e soltou:

— Pra que tanto livro aqui se a senhora...? — e Leonardo engasgou, não conseguindo acreditar no que estava dizendo com sua própria boca desobediente.

— ... Se eu sou cega?

Inconformado consigo mesmo, Leonardo cerrou o punho e desfechou um soco abafado direto na própria mandíbula — dona Sofia sorriu nesse exato instante, "Como se tivesse enxergado, cara!", pensou Leonardo arregalando os olhos. Sim, a senhora sorria para ele...

— Livros são boa companhia — respondeu dona Sofia.

— Claro! Claro que são. Eu... adoro ler!

— Ah, é?

— A Izabel não contou à senhora?

— Não... minha neta gosta muito de você, sabe?

— É?... Eu também... somos amigos desde pequenininhos e...

— Mas ela não ia mentir por causa disso.

Leonardo sentiu suas faces arderem. E sem poder evitar baixou a cabeça, mirando o chão... Tinha de admitir que estava levando uma surra. Não era à toa. Não estava em seu ambiente. Todos aqueles livros, grande parte deles em encadernações escuras, com letras na lombada em dourado, parecia que respiravam, ou melhor, que tiravam do ambiente o ar que ele sentia necessidade de respirar mais e mais profundamente. E as prateleiras, então! Ali em volta, como uma gaiola, como se fossem desabar em cima dele, soterrá-lo sob metros e metros... de livros... Era tudo muito estranho. E...

... E mais estranho do que tudo, aquela senhora silenciosa, que o olhava sem ver, ou como se não precisasse ver, mas como se soubesse de tudo. Os olhos dela decididamente o perturbavam. Ele começou a suar, a sentir-se abafado, embora o ar-condicionado da biblioteca estivesse ligado. Dona Sofia interrompeu seu silêncio e recitou, risonha:

— "Rapaz dos trezentos demos, valham-te os serafins... tu tens nessa cabeça pedras em vez de miolos; o sol não cobre criatura mais renegada do que tu. És um vira-mundo; andas feito um valdevinos sem eira nem beira nem ramo de figueira, sem ofício nem benefício, sendo pesado a todos nesta vida..."

A maioria das palavras era desconhecida para Leonardo. E isso o deixou fulo. Naquele momento, não havia nada que mais quisesse no mundo do que entender do que o estavam chamando. Jurou a si mesmo que logo que pudesse compraria o melhor dicionário que encontrasse. Meio que estarrecido, percebeu ao menos que a senhora não estava exatamente fazendo-lhe elogios. Não lhe ocorreu que ela não estivesse falando dele, mas citando uma fala de um livro... livro do qual ele tomaria conhecimento em breve. E muito.

E logo dona Sofia arrematava entusiasmada:

— ... E ainda por cima você se chama Leonardo.

— Como...? Sim, meu nome, Leonardo. Mas por que "ainda por cima"? E que história era aquela de demônios e...

— ... Serafins. Foi algo que disseram a um xará seu. Um personagem. Vou lhe contar uma história... — e ao escutar aquilo Leonardo remexeu-se, desconfortável, na cadeira. — Aconteceu, provavelmente, em 1857, no Rio de Janeiro. O diretor, então, da Tipografia Nacional, era um escritor e jornalista chamado Manuel Antônio de Almeida. O chefe das oficinas gráficas foi até ele fazer queixa de um rapaz, mulato e pobre, recém-contratado, que, segundo o chefe, passava mais tempo escondido pelos cantos lendo do que trabalhando. O chefe da oficina pediu a demissão do rapaz, auxiliar de impressão. Mas, Maneco de Almeida, como os amigos o chamavam, decidiu chamá-lo para terem uma conversa.

— Muito legal da parte dele — disse Leonardo, achando que isso deveria agradar dona Sofia.

— Ah, sim, e pode ter sido a sorte grande do tal rapaz. Maneco de Almeida achou-o tão inteligente que, em vez de demiti-lo, deu-lhe novas funções e um aumento de ordenado. Era um rapaz pobre. O dinheiro a mais veio a calhar!

— Puxa!

— Exatamente. E também o apresentou a pessoas importantes que o ajudaram a publicar seus primeiros trabalhos, em jornais da época. O nome do tal rapaz mulato era Machado de Assis.

Demorou dois ou três segundos para *cair a ficha*, como se diz, ou seja, para que Leonardo se desse conta da importância do caso contado por dona Sofia.

— M-Machado... aquele?

— Aquele — confirmou bem-humorada dona Sofia.

— Puxa! — repetiu Leonardo, esticando a exclamação e desta vez sinceramente impressionado.

— E agora, vejam só, a Pepê pede para que eu demita você... sem nem ter começado a trabalhar para mim. E ainda por cima você se chama Leonardo.

— Ué! E daí...?

— Daí, a cena é quase a mesma. E tem mais o jeito de ser do Leonardo de lá, dos anos mil e oitocentos. O que se dizia dele, a história de demos e serafins, poderia ser dito a você.

— Mas... — Leonardo estava a um passo de se sentir ofendido. Mas sem ter certeza se era o caso. Já dona Sofia não o esperou se decidir.

— Daí que nosso primeiro livro só pode ser *Memórias de um sargento de milícias.* Tem de ser... É o destino.

— Destino? Mas... Bem... — do desconforto, Leonardo já fora para a perplexidade. E faltava pouco para chegar ao medo... "Mas que destino, ora! Eu preciso é da grana! Essa dona... é muito estranha! E se for uma bruxa?".

Leonardo quis rir de si mesmo, do pensamento que tivera, mas não conseguiu. E estranhou mais ainda não ter conseguido.

— *Memórias de um sargento de milícias* é o livro de Maneco de Almeida. O único romance que ele escreveu. E um livro bastante original dentro da literatura brasileira. Saiu já com o Romantismo firmado como tendência da época. Mas tinha características que o tornavam muito diferente da maior parte da literatura romântica. Era mais ligado ao teatro de comédia, aos jornais satíricos e a alguns poucos poetas que se dedicaram ao cômico e ao popular.

— Ah! — animou-se Leonardo. — É uma história engraçada?

— Graças às trapalhadas e burrices do seu xará e companhia!

— Mas... Quem?... — Leonardo ficou dois segundos paralisado, tentando entender do que a senhora estava falando... além de desconfiar de que desta vez fora mesmo ofendido. Mas dona Sofia estava resolvida a não lhe dar tempo para chegar a conclusões. Não ainda.

— A história toda se passa nas ruas da Corte, que hoje são o Centro Histórico do Rio de Janeiro — retomou ela. — E com personagens tirados do povo, das classes trabalhadoras, repleto dos costumes populares da época, das festas, das danças e da música das ruas... as modinhas, os lundus, os fados. E namoros picantes, cheios de safadezas. Tudo diferente da moda romântica mais vulgar! Daquelas moçoilas desenxabidas, pálidas, choronas e suspirosas. E com olheiras, claro. Profundas olheiras, senão, não tinha graça. Bem melancólicas! E aqueles noivos e maridos delas? Que horror quando eles as chamavam de *minha filha* e lhes davam respeitosos beijos na testa. Ora, que tédio!... Sem contar que a literatura romântica predominante na época achava de ser quase sempre séria, dramática, quando não trágica... Uma choradeira à beira do túmulo da amada... um tal de morrer com vinte anos de tuberculose...!

— É mesmo?... — disse Leonardo querendo mostrar que estava acordado.

— Ah, sim. O romantismo tradicional parecia só conhecer o *glamour* da Corte. Eram histórias passadas em salões de baile, em mansões. Como em outro mundo, a salvo da pobreza das ruas. Como se nosso país tropical, o país de fato, não existisse na vida deles. Com personagens que retratavam gente elegante, bem-educada, os abastados, com hábitos e roupas inspirados nos modos europeus... Pessoas que viviam de renda e sem precisar trabalhar! Este era o ambiente que mais parecia seduzir os leitores... e escritores. Como se só dali pudessem nascer grandes romances, grandes heroínas românticas.

— Mas... claro... — Leonardo ia dizer mais uma ou duas frases, mas desistiu. Resolveu que podia se atrapalhar se começasse a fingir que sabia do que dona Sofia estava falando. Assim, replicou economicamente: — Entendi.

— Por isso, para muita gente, o *Memórias*... é o primeiro romance com personagens e ambientações abusadamente nossas, desta Colônia desgarrada e esquecida do Velho Mundo, com gente que veio de lá mas que por aqui ganhou outro bronzeado, outra música, outro jeito de falar, de ser e... Bem — dona Sofia adivinhou que Leonardo já começava a ter medo de que aquela conversa virasse uma aula. E das longas! —, o livro foi publicado entre 1852 e 53. Em capítulos semanais. Um folhetim, como muitos da época, num jornal humorístico do Rio de Janeiro. Foi o único livro do seu autor, que morreu muito moço, num naufrágio...

— Puxa, só a história dele...

— ... Já é uma história, sim.

— Puxa...

Dona Sofia, naturalmente, não se deixara convencer pela encenação de interesse de Leonardo. Izabel já a havia prevenido que Leonardo era um tipo agitado — até um pouco demais, esse era o problema — e que era pouco ligado à leitura. "Justamente o contrário de mim, tá entendendo?", comentara a neta de dona Sofia, soltando um inadvertido suspiro. A senhora cega entendera muito bem, ambos, o comentário, que Izabel fizera mais para si mesma, como se conversasse com seus medos, e, principalmente, o suspiro... Com a causa do desassossego da neta bem à sua frente, disparou:

— E o herói do livro se chama Leonardo.

— É mesmo? — agora, ficara surpreso.

— Um grande peste! — acrescentou logo em cima dona Sofia, provocativamente.

Leonardo surpreendeu-se mais ainda, sentindo-se ofendido. Mas hesitou, sem saber agora o que dizer. O rosto de dona Sofia parecia um enigma, desafiando-o, rindo dele. A senhora indagou:

— Você sabe o que vai ser seu trabalho aqui?

— A Izabel disse que eu vou ser... *ledor*. É o que ela fazia antes para a senhora. Quer dizer...

— O que o nome diz... Você vai ler para mim. Alguns dias na semana, algumas horas por dia, no final da tarde. Vai ganhar por hora...

Dona Sofia disse a quantia. Leonardo fez de cabeça as contas e ficou satisfeito. Mesmo assim...

— A Izabel contou também que a maioria dos livros, a senhora já... leu?

— Isso mesmo, li... de certa forma. Ou leram para mim.

— Então... Vai ler de novo? É isso mesmo?

— É sim. Amigos queridos, a gente sempre os revisita. O *Memórias de um sargento de milícias*, eu conheci quando tinha nove anos. E então, aceita?

A pergunta pegou fundo em Leonardo. Na verdade, ele apenas pensara até então no dinheiro que ia ganhar, não no trabalho que teria de fazer. E começou a se imaginar ali naquela biblioteca, horas e mais horas, o zumbido do ar-condicionado lhe dando sono, ele lendo, escutando apenas a própria voz, e com aquela senhora esquisita olhando para ele... sem ver... com aqueles olhos que pareciam habitados, ou... mal-assombrados, ou... "Sei lá o quê, mas que parecem, parecem..." Horas e mais horas, tudo parado, lendo, cercado daquelas *gaiolas de livros* (era como ia chamá-las, *ah, ia sim, gaiolas, gaiolas de livros!*) e...

E então, com dona Sofia aguardando a resposta, ele se indagou, intimamente: "Minha nossa! O que é que eu estou fazendo aqui?".

Só que, para responder a essa pergunta, vamos ter de dar um salto, ou melhor, dois. Para o próximo capítulo e para três dias atrás.

• 2 •

Explicações

— Onde ele está? Onde está aquela criatura? — gritou seu Nasário, ao entrar na sala, sem se dar conta da força com que bateu a porta atrás de si. O homenzarrão estava transtornado.

Já dona Ida não teve a menor dúvida de que a mencionada *criatura* era o filho do casal, Leonardo. Só que ela se sobressaltou ao ver o marido muito vermelho, os olhos congestionados, as veias do pescoço inchadas e pronunciadamente azuis. E podia jurar que ele, enquanto esbravejava, sofria alguma dificuldade para respirar.

— Calma, Nasário! — murmurou a mulher. — Você vai ter um troço.

— Só se não conseguir matar ele, esganar, estripar e tudo agora... Leonardo! Apareça já aqui! — gritou seu Nasário, cinquenta e três anos, um tipo de pele azeitonada e olhos negros, cabelos muito fartos, ondulados, começando a ficar grisalhos.

Como um coelho saindo da toca, pondo primeiro o nariz e depois as orelhas para fora, Leonardo veio entrando na sala... Mal o viu, Nasário deu um bote para junto dele.

— Seu... irresponsável! Meu carro... e o do... Logo o do filho daquela... Petronília! Ela está feito doida, aí fora, gritando horrores contra você para a vizinhança toda. Deve ser a glória para ela; poder falar mal de você à vontade. Dizer que você nunca prestou, e cheio de gente em volta dando razão a ela, claro. Mas, o que é que eu vou responder? O quê?

A raiva de Nasário explodia feito um bofete no rosto de Leonardo. Fora isso, no entanto, ele não ergueria um dedo contra o filho. Além de ter apanhado muito dos pais em criança, e por isso ganhado ojeriza a esse tipo de violência, gostava demais daquele garoto, mesmo Leonardo, muito frequentemente, levando-o ao desespero. Mas somente os seus berros e sua fúria eram mais do que o bastante para espremer Leonardo contra a parede como se estivesse sob fogo de artilharia.

— Calma, Nasário... — tornou dona Ida.

Seu Nasário voltou-se para ela, não muito menos raivoso.

— Calma? Eu... Eu...

Nasário bufou, cerrou os punhos... E a experiente dona Ida correu para junto do marido, sapecou-lhe um beijo estalado e sumarento na bochecha, e jogou sobre ele o olhar, seus olhos castanhos, "cor de tâmaras", ele dizia, tão meigo, quando estavam a sós. Como aquelas das palmeiras dos oásis, no deserto, ambiente de histórias povoadas por misteriosas mulheres de rosto coberto por véus, de gênios e de sábios guardiões de livros milenares. Histórias que a mãe dele, dona Hinde, costumava lhe contar, ao pô-lo para dormir, tanto, tanto tempo atrás... Sob o olhar de sua Ida, e abrigado no abraço dela, Nasário como que se esqueceu de Leonardo por um instante. E havia ainda aquela tontura, aquele zumbido nos ouvidos. Ou seria nas têmporas? Trocando um passo ou outro, ele deixou-se conduzir para o sofá.

Leonardo já contara à mãe, por alto, o que havia acontecido. Apesar de aborrecida e preocupada por causa do prejuízo, não se mostrava mais tão chocada quanto o marido. O que mais lhe dava apreensão era aquele olhar de seu Nasário, agora perdido no vazio, incapaz de se concentrar nem nela nem em nada em torno. Ela apontou a cozinha para Leonardo:

— Pega um copo d'água. E a maracujina. — E voltando-se para o marido disse: — Calma, Nasário. A gente vai resolver!

— Eu vou matar aquela varapau! Aquela Pepê! — exclamou Nasário, como se retornando de repente. — Os desaforos que ela me disse. E eu sem poder falar nada. Defender o Leonardo, como? Com o carro do filho dela lá, batido, o para-choque em cacos?

— Ela nunca gostou do Leonardo, você sabe, Nasário.

— E não é à toa! Ele quebrou a vidraça dela pela primeira vez antes de aprender a andar.

— Ora, Nasário. Foi um acidente. Ela é que deu aquele grito esganiçado, da porta de casa, quando a gente ia passando, daí ele se assustou no meu colo e jogou a mamadeira. A janela dela, junto da rua, e você se lembra que ele era um tourozinho de forte, daí...

— Daí, daí... Ora, Ida. Foram anos de sustos, de brigas, e... E agora foi o meu carrinho. Pobrezinho dele. Me ajuda tanto a trabalhar. O gerente exige boa apresentação. Não posso ir às escolas divulgar livros com o carro ferrado!

— Mas estou dizendo que a gente vai resolver. Em quanto você acha que ficou o prejuízo?

Nesse instante, Leonardo retornou com o copo d'água e o vidrinho de maracujina, que colocou sobre a mesa de centro. Foi botar os olhos nele e seu Nasário soltou um latido de cão de maus bofes.

— Você acha que eu não sei o que aconteceu? Seu... *ifrite*! Isso, um *ifrite*, feito os gênios do mal das mil e uma noites! Que vivem tramando contra a tranquilidade da vida dos pobres mortais! Você, você! Tudo porque quis se exibir, não foi?

Leonardo ia gaguejando uma desculpa, ou uma tentativa de iniciar a história que tinha preparado, mas a raiva do pai não o deixou prosseguir.

— Que idiota que eu sou. Fui deixar o carro em casa porque, já que só tinha uma reunião na editora, quis economizar. Ir de ônibus. E você, de olho, querendo só uma oportunidade de me dar prejuízo!

— Euu... Euuu...

— Como você pôde? Roubar minhas chaves? Inventar de querer tirar o carro da vaga, para impressionar aquela menina, a... a...

— Izabel... — interveio dona Ida. — Ela é um amor. Muito, muito boazinha.

— Então que se afaste desse daí, para o bem dela! — gritou seu Nasário, já plenamente furioso outra vez. — Ele... Sabe o que ele fez, Ida? Ofereceu uma carona para a garota, que ia passando. Nem carteira ele tem. Daí ela desconfiou, perguntou se ele sabia mesmo dirigir. Como, se ela nunca o tinha visto guiar? Daí ele foi provar que sabia dirigir e... sabe o que ele provou, Ida? Sabe...?

Seu Nasário escapou do abraço da esposa e pulou de novo para cima do filho. Leonardo, por puro reflexo, recuou, tropeçando, caindo para trás por sobre a parede...

— No que tentou tirar o carro da vaga esse... moleque meteu ele foi pra cima do carro do filho da desgraçada da Pepê, estacionado à frente. Acabou com o para-choque traseiro dele e com a frente do meu. Esse... esse...!

— Minha santa Bárbara! — Dona Ida, sentada ainda no sofá, só fazia balançar a cabeça, olhos no chão, lábios se mexendo, miúdos, como numa prece. De repente, ergueu a vista espantada.

Porque escutou aquele ronco, vindo do miolo do peito de seu Nasário.

E um engasgo. E viu os olhos de Leonardo, que se arregalaram de súbito, fixos nos olhos do pai. O garoto se descolou da parede. Foi agarrar o pai, que se desmontava como se suas pernas tivessem virado gelatina. E a expressão dele, congestionada, como se estivesse buscando ar para respirar e não encontrasse.

Era exatamente o que estava acontecendo.

Dona Ida veio ajudar a ampará-lo, mas mesmo ela e o filho não conseguiram sustentar o corpo pesado de seu Nasário. E viram o rosto dele, mais que azulado, roxo. E os olhos arregalados, assustados, cravados nos dela, pedindo socorro de um jeito que a boca não conseguia mais pedir.

— Nasário... — ela exclamou. — Pelo amor de Deus, homem! O que foi?

Os olhos de seu Nasário reviraram-se. Dona Ida gritou:

— Nasário, minha santa Bárbara! Respira, por favor. Pelo amor de Deus, querido, respira! — e voltando-se para o filho que, trêmulo, estava sem saber o que fazer às suas costas... — Leonardo, vai trazer o filho da Pepê, rápido! Vai, garoto!

Leonardo pulou para a porta. Mais tarde, quando estivesse contando a Izabel como tudo tinha acontecido, diria que sentiu... até sentiu... uma coisa molhada, quente, descendo em fios por suas bochechas... mas não sabia o que era... não percebeu que eram lágrimas tão grossas quanto nunca havia chorado... e se lembrava também de que Pepê lhe abrira a porta, que ela fizera uma careta, quando o reconheceu, e já ia iniciar uma sequência de desaforos, mas, deteve-se, sobressaltada, porque viu alguma coisa, entendeu alguma coisa no rosto dele, as lágrimas, o medo nos olhos, e, sem que Leonardo precisasse lhe dizer nada, berrou para dentro, pelo filho, mandando que corresse para a casa da vizinha.

• 3 •

Encontros e reencontros

Agora, vamos voltar à cena do presente, na biblioteca do casarão de dona Sofia...A senhora desistira de esperar que Leonardo respondesse se aceitava ou não tornar-se seu ledor. Resolvera lhe dar um empurrãozinho e propôs:

— Por que não experimenta? Quem sabe você gosta? E eu vejo como você lê...

— Ué, a senhora tá achando que eu não sei ler?

— Se você sabe ler bem, isso é o que eu não sei. Mas vamos descobrir, não vamos?

— Bem... eu... Mas... Agora?

Dona Sofia não se incomodou em responder a Leonardo. Levantou-se da poltrona, com passos regulares orientou-se até uma das seções das estantes, ergueu a mão na altura de uma prateleira, percorreu as lombadas, vagarosamente, com a ponta dos dedos, um pouco adiante e um pouco à frente do ponto em que tocara primeiro, tirou então um volume e reteve-o por alguns mínimos instantes, entre as mãos, como a se certificar pelo tato com a capa de que era o livro que queria ("... Ou como se estivesse dizendo *Olá, como vai, há quanto tempo!*", pensou o garoto), depois virou-se, sempre na mesma cadência de movimentos, caminhou de volta às poltronas e o entregou a Leonardo.

Com certa cerimônia, Leonardo abriu o livro, procurou o começo do primeiro capítulo e leu:

Era no tempo do rei...

Então, brecou. E logo na primeira frase do livro! Enquanto dona Sofia permanecia de rosto impassível e no entanto todo envolto num sorriso invisível, o qual, até por não conseguir identificar, começava a exasperar o garoto. Leonardo repetiu:

Era no tempo do rei...

E mais uma vez não foi adiante. O sorriso, que Leonardo só podia entender como deboche, começava a redesenhar as linhas dos lábios e da testa de dona Sofia. Leonardo resolveu que o melhor era pedir arrego.

— Mas que jeito mais estranho de começar.

— Por quê? Qual é o problema?

— Parece história de fadas e... De que rei ele está falando?

— D. João VI. Ele chegou aqui em 1808. Fugiu de Portugal, com Napoleão invadindo o país! Vieram ele, todos os nobres da Corte portuguesa, sua mãe, dona Maria, e os filhos dele, inclusive d. Pedro, que viria a ser o primeiro imperador do Brasil. Vieram ainda vários altos oficiais militares e funcionários, e quem pôde pagar por um lugar ou dar um jeito qualquer de se meter num dos navios. E o Brasil, de uma penada só, passou de colônia a matriz do Império, substituindo Lisboa.

— Ué... e deixaram o povo lá? Entregaram o país sem lutar?

— Para você ver — sorriu dona Sofia... — Dona Maria, a rainha, foi praticamente metida à força no navio, gritando que era uma loucura abandonar um país daquele jeito. Mas é que ela era tida como louca e o filho, d. João, era o regente, e governava no lugar dela. E d. João e seus oficiais preferiram vir para o Brasil, que deviam achar o fim do mundo, a ter de lutar contra Napoleão. Só voltariam para Portugal em 1821. Um ano depois, em 1822, houve o tal *Grito do Ipiranga*, no 7 de setembro...

— Isso eu sei, a Independência...

— Bem... Isso fica de acordo com a compreensão de cada um. Acho a Independência um percurso que começou muito antes do 7 de setembro, com a chegada de d. João. Veja só, antes disso, os portugueses nos obrigavam a importar quase tudo de Portugal, exceto a comida mais simples. Não deixavam, por exemplo, que houvesse tipografias no Brasil. Nada era impresso em nosso país antes da chegada de d. João, nenhum jornal, nenhum livro...

— É mesmo?

— É, mas agora o que interessa para a gente é que foi nesse tempo, então, segundo as histórias do livro, que nasceu o Leonardo, o herói do *Memórias*... Um verdadeiro capeta! Que tal continuar?...

> *Era no tempo do rei.*
>
> *Uma das quatro esquinas que formam as ruas do Ouvidor e da Quitanda, cortando-se mutuamente, chamava-se nesse tempo* — O canto dos meirinhos —*; e bem lhe assentava o nome, porque era aí o lugar de encontro favorito de todos os indivíduos dessa classe [...]*
>
> *Quem passasse por aí em qualquer dia útil dessa abençoada época veria sentado em assentos baixos, então usados, de couro, e que se denominavam — cadeiras de campanha — um grupo mais ou menos numeroso dessa nobre gente conversando [...] Entre os termos que formavam essa equação meirinhal pregada na esquina havia uma quantidade constante, era o Leonardo-Pataca. Chamavam assim a uma rotunda e gordís-*

sima personagem de cabelos brancos e carão avermelhado, que era o decano da corporação, o mais antigo dos meirinhos que viviam nesse tempo. [...]

Fora Leonardo algibebe em Lisboa, sua pátria; aborrecera-se porém do negócio, e viera ao Brasil [...] Mas viera com ele no mesmo navio, não sei fazer o quê, uma certa Maria da hortaliça, quitandeira das praças de Lisboa, saloia rechonchuda e bonitota [...] Ao sair do Tejo...

À medida que lia, Leonardo ia percebendo uma mudança no rosto de dona Sofia. É como se ela fosse ficando mais e mais jovem. De repente, o garoto levou um susto... Algo que ele acabara de distinguir surgindo no rosto da senhora... um traço em suas feições que ele acabara de reconhecer... e mais um detalhe... e um ar de alguma coisa, formando inequivocamente a miragem... de um outro rosto...

Já com dona Sofia, as frases que traziam de volta à vida o livro que tanto adorava conduziram sua mente para muitos e muitos anos antes.

É que toda vez que ia reencontrar um livro, quando se tratava de um *velho amigo*, lhe vinham à lembrança não apenas passagens inteiras, comentários, mas também situações e momentos de vida que haviam acompanhado as primeiras leituras.

Quanto tempo fazia?.. Setenta anos, talvez.

O trecho do livro era aquele mesmo, o encontro do Leonardo — que haveria de se tornar meirinho, no Brasil, e pai do herói do livro, a quem passaria também o nome — , então algibebe, vendedor de roupas baratas, um mascate, na Corte portuguesa, com "uma certa Maria da hortaliça, quitandeira das praças de Lisboa, saloia rechonchuda e bonitota"...

Ao sair do Tejo, estando a Maria encostada à borda do navio, o Leonardo fingiu que passava distraído por junto dela, e...

"Espere um pouco, papai!", escutou dona Sofia, lá do fundo de sua memória, uma menina pedir. E, também em sua mente, lhe veio o olhar terno, que recaiu sobre ela, em resposta. Aquele senhor sisudo, sempre de terno escuro dentro de casa... naquela mesma biblioteca... os bigodes bem aparados, negros...

"Diga, Sofia", convidou o pai à menina.

"Quero saber...", foi ela, sempre naquele seu jeito, uma exigência, que o pai, tão severo com outras pessoas, acolhia de bom humor. Ela tinha dez anos, então. E o pai adorava quando a menina, espevitada que fosse, lhe vinha com um daqueles *quero saber*.

"O que é *saloia*?"...

"Bem, é alguém nascido nas regiões próximas a Lisboa."

"E Tejo...?"

"Sim, sim, o rio que atravessa Portugal. Lembre-se, eles estão vindo para o Brasil."

A menina sorria, satisfeita, e então o pai retomava a leitura.

> *... estando a Maria encostada à borda do navio, o Leonardo fingiu que passava distraído por junto dela, e com o ferrado sapatão assentou-lhe uma valente pisadela no pé direito. A Maria, como se já esperasse por aquilo, sorriu-se como envergonhada do gracejo, e deu-lhe também em ar de disfarce um tremendo beliscão nas costas da mão esquerda. Era isto uma declaração em forma, segundo os usos da terra: levaram o resto do dia de namoro cerrado; ao anoitecer passou-se a mesma cena de pisadela e beliscão, com a diferença de serem desta vez um pouco mais fortes; e no dia seguinte estavam os dois amantes tão extremosos e familiares, que pareciam sê-lo de muitos anos.*
>
> *Quando saltaram em terra começou a Maria a sentir certos enojos; foram os dois morar juntos: e daí a um*

mês manifestaram-se claramente os efeitos da pisadela e do beliscão; sete meses depois teve a Maria um filho, formidável menino de quase três palmos de comprido, gordo e vermelho, cabeludo, esperneador e chorão; o qual, logo depois que nasceu, mamou duas horas seguidas sem largar o peito. E este nascimento é certamente de tudo o que temos dito o que mais nos interessa, porque o menino de quem falamos é o herói desta história.

[...]

Já o Leonardo cá de nosso século XXI, lendo na biblioteca de dona Sofia o trecho em que seu xará do tempo do rei estava prestes a entrar na história, não tinha dúvidas de qual rosto estava *reconhecendo* no rosto da senhora. No rosto de Sofia, tornado jovem ao som da leitura... Era Izabel, neta de dona Sofia. Era a garota de quinze anos, que Leo conhecia no presente. Como um quadro pintado, mas coberto por outra pintura, disfarçado, na tela, e que então e só então se revelava.

E só isso era o suficiente para, mesmo sem se dar conta, Leonardo ter sua curiosidade triplicada em relação à dona Sofia.

• 4 •

Chega de zoar!

Naquela tarde em que fora chamar o filho de dona Pepê para atender o pai, e em que, ainda sem conseguir pronunciar uma palavra e paralisado na porta viu o jovem médico passar correndo por ele, com a maleta que havia agarrado de passagem, Leonardo saiu à rua e sentou-se no meio-fio.

Estava com medo de ir para casa.

Ao mesmo tempo, queria desesperadamente ir para casa.

... E estar ao lado do pai, dar força à mãe.

Completamente atordoado, sem conseguir se decidir, sentiu de repente uma mão suavemente descer às suas costas e, prontamente em seguida, Izabel puxou por ele, colocou-o de pé. Também a ela não precisou explicar coisa alguma, nem perguntar quem a havia chamado, às pressas — sabia que naquela hora, final de tarde, ela estava deixando o trabalho de ledora para a avó. E também não precisou explicar por que estava ali parado, desabado naquele meio-fio, quando devia estar em casa, ir correndo ver como estava o pai. Na verdade não precisou dizer coisa alguma. Ela sabia. Desde quando ele se lembrava, desde que eram muito, muito pequenos e se encontraram na rua de paralelepípedos da vila pela primeira vez, tinha sido sempre assim...

(Pelo menos, era como ele contava a história dos dois, era como se lembrava, tanto que costumava dizer a ela: "É por isso que somos tão amigos, né?"... E Izabel ultimamente dera para responder, se é que isso era resposta: "Hum-hum!".)

Mas o caso é que Izabel fez o que ele queria que alguém aparecesse para fazer, o que ele precisava, naquele momento, que alguém fizesse: ela rebocou-o para casa, pela mão.

Mal entrou, Izabel bem atrás dele, a mão da garota permanecendo agora no ombro dele, Leonardo deu, na sala, com a sua mãe arriada no sofá. Era como se tivesse desabado nele de grande altura, os braços e pernas largados, trêmula, o rosto sem nenhuma cor, todo em lágrimas. E o filho de dona Pepê, com sua maletinha, estava sentado numa cadeira à frente dela, segurando um copo de água (à qual havia sido acrescentada uma generosa dose de valeriana em gotas, um tranquilizante natural) para ela. Leonardo parou estatelado. Um aperto tomou conta da sua barriga, lá por dentro. Daí, dona Ida voltou-se para ele, olhou-o, e o olhar dela para o garoto estava carregado de uma agonia que ele não reconheceu, não conhecia e tinha medo de um dia ter de conhecer...

"Papai...?", gemeu Leonardo... Ou não gemeu, sua boca não fez som nenhum. Ele pensou que gemeu, e só o que fez foi olhar em volta mais uma vez, e outra, e outra... e outra, ainda, sem se conformar ao constatar que seu Nasário não estava mesmo à vista.

— Ele já tinha tido pressão alta? Já tinha medido a pressão, dona Ida...? — insistia o dr. Armando, filho de dona Pepê. Ainda muito assustada, sem conseguir falar, dona Ida sacudia a cabeça, negativamente às perguntas.

— Papai?! — agora fora um gemido autêntico, para fora, tanto que o dr. Armando voltou um par de olhos arregalados para ele, como se só então o tivesse visto. E num instante, compreendeu o medo no olhar de Leonardo.

— Ele está bem. Fora de perigo. Foi uma subida violenta de pressão, mas já está começando a baixar. Calma, Leo!

Dona Ida soltou um soluço capaz de fazer em tirinhas coração de filho. E Leonardo recostou-se para trás, procurando o abraço de Izabel que, às suas costas, envolveu Leo, cruzando os braços no peito do garoto. As mãos dele estavam geladas e tremendo. Já o pescoço e as costas estavam cobertos de suor grosso.

— Calma, vocês dois! — repetiu o dr. Armando, com a autoridade na voz de quem fora até bem pouco tempo o famoso Asinha, goleiraço e capitão do time das adjacências. — Calma, senão vocês é que vão ter um troço. O seu Nasário está bem. Só precisa descansar. Depois, tem de fazer exames. — E voltando-se para dona Ida: — Pressão alta não é brincadeira. O seu Nasário tem de ver isso... e outras coisinhas.

— Pode deixar que eu obrigo ele, Armando — jurou dona Ida, traindo um ar feroz no rosto. — ... quer dizer... *doutor* Armando.

— Que doutor que nada! Para vocês, só Armando, né? — disse ele sorridente, se levantando. — Vou dar uma outra olhada no seu Nasário, para ver como ele está. Só saio daqui quando a pressão dele estabilizar. Vocês estão bem, certo?

— Asinha! — exclamou Leo, soltando-se suavemente do abraço de Izabel e adiantando-se para se colocar na frente do jovem médico. Então, respirou fundo e, em voz baixa, disse: — Foi minha culpa, não foi?

Por dois segundos, Armando encarou o garoto, espantado, sinceramente sem saber do que ele estava falando. Então, compreendeu, de repente, e exclamou:

— Deixa de besteira, Leo. Culpa de ninguém. Além do mais ele está bem.

— Eu... pensei que ele tinha morrido... ali mesmo no chão... eu segurando ele... Por minha culpa!

Estonteado, Leo apontava o ponto no chão em que seu pai havia caído. Izabel veio por trás de novo e abraçou Leonardo.

— Garoto! Ô, meu ponta-esquerda! Não aconteceu nada! Fica frio, tá? Seu pai está bem!

O dr. Armando aplicou um soco sem força no ombro de Leonardo, como que para marcar bem o que estava dizendo e entrou para o quarto, pedindo:

— Cuida da tua mãe, tá? Daqui a uma meia hora, vocês vão poder entrar e conversar com o seu Nasário. Mas só um pouco, e sem estresse. E um de cada vez. Ele precisa descansar.

Muito calado e sem coragem sequer de olhar nos olhos de dona Ida, que vez por outra soltava uma fungada, Leo foi se sentar no chão, ao pé dela, sempre com Izabel abraçada a ele. Só por um instante, Leo e a garota se fitaram, e naquele curtíssimo pedacinho de tempo foi como se ele dissesse: "Obrigado... sem você, acho que nem ia conseguir ficar aqui, de tanta... culpa... vergonha... Mas depois, como é que eu ia me olhar no espelho...não tendo estado aqui, entende?"... e na sua metade de conversa, silenciosamente, foi como se ela respondesse: "Eu estou aqui porque sempre estive... porque sempre vou querer estar com você"... Mas ele pode muito bem não ter entendido o que Izabel lhe dizia.

Uma hora depois, Leonardo entrava no quarto na penumbra. Dona Ida o havia precedido, e saíra ainda fungando, embora já sem medo no olhar. Mas Leonardo teve um choque. Seu Nasário, sempre tão enérgico, mal se mexia. E estava tão pálido, abatido. Se o garoto ainda esperava escutar restos da bronca, surpreendeu-se. Seu Nasário dormitava devido à medicação, e somente pôde abrir parcialmente os olhos, para dizer:

— Eu estou bem, filho...

Aquela preocupação do pai em tranquilizá-lo arrasou de vez o coração de Leonardo. Teve ímpetos de abraçar o homem que ele sempre lembrava tão enorme, ocupando tanto espaço, e que ali naquela cama parecia mirrado, indefeso. Não se agachou para abraçá-lo, como teve vontade, mas segurou a mão dele, forte, prometendo...

— Pai, eu vou pagar o conserto. Do seu carro e do Asinha. Juro pra você.

Seu Nasário, mal abrindo os olhos, sorriu, devolvendo sem força o toque do filho em sua mão.

— Eu estou falando sério, pai.

— Filho... — A voz de seu Nasário era abafada, falhada, como se o esforço de falar doesse. — Com que dinheiro? Esquece isso... eu me viro.

— Eu vou arranjar um emprego. Juro. Não vou decepcionar você dessa vez.

Seu Nasário sorriu, balançou a cabeça, demonstrando que não estava levando nada daquilo a sério. Leonardo repetiu:

— Eu juro, pai!

Então apertou, agora com as duas mãos, a mão do pai, e deixou o quarto. Minutos depois, contava a conversa para Izabel. Muito emocionada, a menina disse, com os olhos úmidos e reluzentes:

— Acho que é isso mesmo que você tem de fazer, Leonardo! Eu... estou orgulhosa de você. E você vai se orgulhar de si mesmo, quando conseguir ganhar o dinheiro trabalhando. Você vai ver...

— Eu tenho de conseguir, Izabel. Senão, sei lá... Quer dizer, sei, sim. Já decidi. Vou embora daqui. Nunca mais ninguém vai ver minha cara nesta vila.

— Leo, nem diz isso. Você vai para onde? Vai fazer o que da vida? Já pensou...?

— Você tá certa. O que eu tenho de fazer é arranjar um emprego hoje mesmo.

— Mas você não vai sair do colégio, vai? E olha, tem que estudar legal! Você está quase reprovado em um monte de matérias.

— Não vou ser reprovado em nada, dessa vez. Prometo. Chega de zoar!

Izabel soltou uma risada...

— Também não vai virar um cara chato, senão vou deixar de gostar de você.

— Isso não, nunca! — replicou Leonardo, levando a sério. E quase sem conseguir segurar, completou... — O que é que eu ia fazer sem você? — Izabel arregalou os olhos surpresa, e ele logo emendou: — Quer dizer... nós somos amigos há tanto tempo, que nem sei como ia ser se eu não tivesse você!

A garota sorriu. Se Leonardo pôde perceber uma ponta de tristeza neste sorriso, não disse nada. Izabel, então, teve a ideia... a ideia que iria pôr dona Sofia e este Leonardo daqui do presente... como dizer... em rota de colisão?

— Leonardo — disse a garota. — Você sabe o que eu faço no final da tarde, não é? Aquele meu trabalho para a vovó?

— Você fica lá lendo, né?

— Isso. Só que, agora, estou organizando um sarau de poesia, lá no colégio. E não tenho tempo mais para nada. Fico com pena de largar o trabalho de ledora porque a vovó realmente adora essas sessões de leitura e porque a grana é legal. Daí...

• 5 •

Reflexões de dona Sofia

Daí, três dias depois, estava lá o Leonardo do nosso tempo lendo para dona Sofia *Memórias de um sargento de milícias*, cujo herói era um outro Leonardo, iniciando sua vida lá no comecinho do século XIX...

> *[...] o menino não desmentiu aquilo que anunciara desde que nasceu: atormentava a vizinhança com um choro sempre em oitava alta [...] e era estranhão até não poder mais.*
>
> *Logo que pôde andar e falar tornou-se um flagelo; quebrava e rasgava tudo que lhe vinha à mão. Tinha uma paixão decidida pelo chapéu armado do Leonardo; se este o deixava por esquecimento em algum lugar ao seu alcance, tomava-o imediatamente, espanava com ele todos os móveis, punha-lhe dentro tudo que encontrava, esfregava-o em uma parede, e acabava por varrer com ele a casa [...] A Maria não lhe perdoava; trazia-lhe bem maltratada uma região do corpo; porém ele não se emendava, que era também teimoso, e as travessuras recomeçavam mal acabava a dor das palmadas.*
>
> *Assim chegou aos sete anos. [...]*

— Certo, pode parar! —, pediu dona Sofia. E depois sorriu, gentilmente. E, adivinhando o que o garoto ia fazer, o que provocou um arrepio em Leonardo, disse, a seguir: — Ninguém dobra a ponta da página de livro nesta casa. Sabe como isso se chamava, no meu tempo de garota? *Orelha de burro*! Não é à toa... só um burro faz orelhinha em página de livro! Tem um marcador de páginas aí em cima dessa mesinha. Use-o para facilitar achar amanhã onde você parou a leitura.

— Sim, senhora —, ele respondeu, apanhando o marcador, uma pequena peça de prata, com o cabo em forma de coroa ("Tudo o que eu pego nesta casa tem no mínimo cem anos", pensou Leonardo, afrontado). E a seguir, reagindo, arriscou: — Então, passei no teste? — perguntou Leonardo com uma pontinha de atrevimento.

— No teste de leitura, passou. Até que não é tão mau.

Puxa, tem certeza de que isso foi elogio, dona Sofia?

— Não, foi uma pergunta... que você ainda não respondeu. Quer o trabalho de ledor ou não quer? Não vou ficar com uma pessoa que largue o serviço no meio de um livro. É para levar a sério.

— Puxa, a senhora tá é desconfiada de mim.

— Não, Leonardo. — E dona Sofia fez uma pausa. — Eu estou respeitando você. Perguntando. Não quero supor uma resposta que você mesmo ainda não me deu. Você é livre para responder sim ou não, mas, se aceitar, eu vou assumir isso como um compromisso. E então?

"Ora, que droga, não vai doer tanto assim, vai?", perguntou para si mesmo, e fez sinal de positivo com a mão para dona Sofia.

— Leonardo...?

— Ih, desculpe, a senhora não viu, né? — dona Sofia sorriu, sem responder. — Desculpa. Eu aceito sim.

— Muito bom, então, o trato é o seguinte... Já sei que você quer o trabalho para pagar o conserto do carro do seu pai e do vizinho...

— Isso, o Asinha...

— Bem, vou pagar o conserto.

— A senhora vai... o quê?

— Pagar o conserto. Dos dois carros. ... um adiantamento. Eles não podem ficar esperando até você ganhar o dinheiro todo. Daí, você me paga de volta com horas de leitura. Quando completar, estamos quites. E você resolve se vai continuar ou não.

Por alguns segundos, Leonardo ficou encarando dona Sofia, tentando entender... Depois disse...

— Aposto como a dona Pepê vai dizer que a senhora vai se arrepender de confiar assim em mim... que eu ia sumir, logo depois de a senhora pagar o conserto dos carros...

— Eu não vou consultar a Pepê sobre isso. É um acordo entre nós. Por que você não me diz... vou me arrepender? Você seria capaz de sumir, sem trabalhar pelo que eu já terei pago?

— Eu... acho que não.

— Você *acha*?

— É... *acho* que não.

— Muita honestidade sua admitir.

— E aí...?

— Aí? Ora, vamos os dois correr o risco. Eu de perder meu dinheiro e você... de perder coisa muito mais importante. Respeito próprio.

Dona Sofia adivinhou que o garoto hesitava, olhava em volta mais uma vez, procurava se sentir rodeado pelos livros... e numa convivência com ela. Se ele chegara a se convencer de alguma coisa? Isso sua intuição não conseguiria ainda detectar... Finalmente, traindo toda uma aflição de se safar dali, Leonardo perguntou:

— Posso ir agora? Amanhã volto às cinco horas, para começar.

— Você já começou. Estou lhe devendo uma hora de pagamento.

Leonardo sorriu, contente, e despediu-se. Na rua da vila, uma já preocupada Izabel estava esperando por ele querendo saber em detalhes como fora o encontro. Mesmo sabendo que Izabel ia acabar sabendo, nem que fosse por Pepê, Leonardo não pôde resistir a omitir o incidente da quebra do cabo da espátula. Contou-lhe apenas as boas notícias.

Na biblioteca, dona Sofia acariciava com a ponta dos dedos o volume que o garoto havia deixado sobre a mesa. A senhora cega sorriu, saudosa, ao recordar o pai lhe falando sobre o *Memórias de um sargento de milícias*...

"Sofia, filha querida, não apenas todos os livros contam histórias, mas também há histórias e mais histórias sobre cada um deles..."

E as lembranças de dona Sofia correram para setenta anos antes, quando o pai leu para ela pela primeira vez o livro, e especialmente para um trecho, o episódio do meirinho Leonardo, que começava a desconfiar de sua saloia, a Maria...

> *[...] Havia alguns meses atrás tinha notado que um certo sargento passava-lhe muitas vezes pela porta, e enfiava olhares curiosos através das rótulas: uma ocasião, recolhendo-se, parecera-lhe que o vira encostado à janela. Isto porém passou sem mais novidade.*
>
> *Depois começou a estranhar que um certo colega seu o procurasse em casa, para tratar de negócios do ofício, sempre em horas desencontradas: porém isto também passou em breve. Finalmente aconteceu-lhe por três ou quatro vezes esbarrar-se junto de casa com o capitão do navio em que tinha vindo de Lisboa, e isto causou-lhe sérios cuidados. Um dia de manhã entrou sem ser*

esperado pela porta adentro; alguém que estava na sala abriu precipitadamente a janela, saltou por ela para a rua, e desapareceu.

À vista disto nada havia a duvidar: o pobre homem perdeu, como se costuma dizer, as estribeiras; ficou cego de ciúme. Largou apressado sobre um banco uns autos que trazia embaixo do braço, e endireitou para a Maria com os punhos cerrados.

[...]

O menino assistira a toda essa cena com imperturbável sangue-frio: enquanto a Maria apanhava e o Leonardo esbravejava, aquele ocupava-se tranquilamente em rasgar as folhas dos autos que este tinha largado ao entrar, e em fazer delas uma grande coleção de cartuchos.

Quando, esmorecida a raiva, o Leonardo pôde ver alguma coisa mais do que seu ciúme, reparou então na obra meritória em que se ocupava o pequeno. Enfurece-se de novo: suspendeu o menino pelas orelhas, fê-lo dar no ar uma meia-volta, ergue o pé direito, assenta-lhe em cheio sobre os glúteos atirando-o sentado a quatro braças de distância.

— És filho de uma pisadela e de um beliscão; mereces que um pontapé te acabe a casta. [...]

"Covardão!", gritara Sofia, menina. "Bateu na mulher e agora manda um pontapé desses no menino!"...

O pai então deteve a leitura, e ficou observando a filha, tentando explorar um pouco mais a fundo, neste instante em que os olhos dela abriam uma passagem quase até a alma, para despejar faíscas de indignação, que ser adulto despontaria lá de dentro daquela criança.

"Sabe, minha Sofia, por que este livro é tão saboroso? Tão cheio dos costumes da época, principalmente de música, de gente do povo cantando e dançando, dentro de casa e na rua, peralteando pela cidade em grupos animados... de escândalos de janela e porta de casa, brigas de vizinhos, pândegas curiosas do dia a dia?

Porque na verdade, *Memórias de um sargento de milícias* é uma coletânea de casos miúdos da vida dessa gente toda, de curiosas histórias e anedotas. E isto inclusive pode explicar o título do livro...

Maneco de Almeida era então um jovem de dezessete ou dezoito anos, estudante de Medicina. Para custear seus estudos, empregou-se como redator, tradutor e revisor num jornal da época, o *Correio Mercantil.* Isso foi em 1848. Lá trabalhava um português chamado Antônio César Ramos, já idoso, e que fora sargento na milícia que guardava as ruas, no tempo de d. João VI, sob as ordens do famoso major Vidigal".

"Famoso por quê, papai?", perguntou Sofia.

"Ora, o Vidigal foi por muito tempo parte do folclore da Corte. Parece que começou a ficar conhecido por volta de 1808 e foi, durante muitos anos, não apenas o chefe da polícia colonial carioca, mas seu dono, segundo escrevem alguns autores. Sua principal missão era manter sob vigilância os bairros mais modestos..."

"Não entendi, pai..."

"Sabe, minha querida," e ele soltou um suspiro discreto, seu rosto se tornando ainda mais brando, ao fitar a filha... "era um tempo em que o povo mais pobre era muito mais desrespeitado, ainda, do que hoje. Havia essa polícia, que não tinha que prestar contas a ninguém, que fazia o que bem entendia. Prendia, espancava, invadia as casas, representava nas ruas toda a desconfiança e o medo que os poderosos e ricos sentiam em relação a tudo o que fosse popular. Há cenas no livro em que a milícia do Vidigal aparece interrompendo rodas de música, festas, reprimindo crenças populares... Ao povo cabia se comportar, e quem ditava o que era bom comportamento era o Vidigal. Ele era perverso nos castigos, feroz nas perseguições. O povo desprotegido vivia apavorado com ele. Havia até uma modinha na época:

Avistei o Vidigal,
Fiquei sem sangue;
Se não sou ligeiro
O quati me lambe.

"Quati?...O bicho, quati?"

"Modo de dizer de antigamente. Quer dizer levar uma surra, daquela de deixar quase morto!"

"Hum!...", resmungou a garota, enfezada.

"Bem... Daí, então, Maneco de Almeida conversava muito com este português, ficaram amigos. E conta-se que todo dia o Ramos lhe contava casos de suas lembranças das ruas, que Maneco transcreveu no "A pacotilha", suplemento humorístico do *Correio Mercantil*, e depois reuniu em livro. *Memórias de um sargento de milícias* saiu dessa fascinação de Maneco pelo viço, pela ingenuidade alegre da população humilde da Corte, que o ex-sargento foi lhe revelando, um mundo que raramente entrava na literatura..."

Por alguns segundos — a Sofia idosa bem recordava —, a menina Sofia ficara a pensar sobre o que o pai lhe dissera, e então, impaciente, quisera logo retornar à história, porque já estava começando a simpatizar com o garoto Leonardo...

"Pudera, um tipo bem peste, bem como eu gosto... desde criança...", pensou, lembrando alguns de seus netos, e até mesmo Izabel que, por trás daquela meiguice toda, não se parecia com a avó apenas no rosto, e isso dona Sofia bem sabia... "Este Leonardo de cá que aguente o tranco. Minha neta é muito capaz de dar um jeito nele, ah, sim!..."

Já a Sofia menina, décadas e décadas antes, naquela mesma biblioteca, perguntara ansiosa: "E o Leonardo? Chutado de casa, coitado, o que houve com ele...?"

"Foi recolhido pelo padrinho", explicou-lhe o pai, "um barbeiro, vizinho ali da frente, que adorava o peralta. Escute só..."

> *[...] O pequeno, enquanto se achou novato em casa do padrinho, portou-se com toda a sisudez e gravidade; apenas porém foi tomando mais familiaridade, começou a pôr as manguinhas de fora.*
>
> *[...]*
>
> *Umas vezes sentado na loja divertia-se em fazer caretas aos fregueses quando estes se estavam barbeando. Uns enfureciam-se, outros riam sem querer; do que resultava que saíam muitas vezes com a cara cortada, com grande prazer do menino e descrédito do padrinho. Outras vezes escondia em algum canto a mais afiada navalha do padrinho, e o freguês levava por muito tempo com a cara cheia de sabão mordendo-se de impaciência enquanto este a procurava; ele ria-se furtiva e malignamente. Não parava em casa coisa alguma por muito tempo inteira; fazia andar tudo numa poeira; pelos quintais, atirava pedras aos telhados dos vizinhos; sentado à porta da rua, entendia com quem passava e com quem estava pelas janelas, de maneira que ninguém por ali gostava dele. O padrinho porém não se dava disto, e continuava a querer-lhe sempre muito bem [...] sonhava-lhe uma grande fortuna e uma elevada posição, e tratava de estudar os meios que o levassem a esse fim.*
>
> *[...]*
>
> *Tendo ruminado por muito tempo esta ideia, um dia de manhã chamou o pequeno e disse-lhe:*
>
> *— Menino, venha cá, você está ficando um homem (tinha ele 9 anos); é preciso que aprenda alguma coisa para vir um dia a ser gente; de segunda-feira em diante (estava em quarta-feira) começarei a ensinar-lhe o bê-á-bá. Farte-se de travessuras por este resto da semana. [...]*

"E qual o caminho que o tal padrinho cisma de lhe dar?", lembrou achando muita graça dona Sofia e sorrindo, bem solta, "... Quer fazer dele um padre. Dá para imaginar? Nada poderia ser mais despropositado. O guri é um capeta? Então, que vire padre. E a confusão que isso vai provocar?"...

A senhora se levantou e se encaminhou para a escrivaninha de mogno. Realmente, o peste, Leonardo, era seu herói preferido da literatura brasileira (ela, que tanto amava também *D. Quixote,* um clássico espanhol: teriam algo a ver?). Por que, não sabia.

Talvez, porque seu pai também adorava o *Memórias de um sargento de milícias*, e sentira tanto prazer em lê-lo para ela, justamente na edição que, prefaciada pelo escritor Mário de Andrade, em 1940, marcava a reapresentação da obra ao público.

Quando dona Sofia era uma adolescente, e já sem a visão, tinha com o pai longas conversas sobre literatura brasileira. Ela se lembrava, por exemplo, que seu pai achava curioso que justamente Machado de Assis, grande amigo de Maneco de Almeida, tenha retomado o humor, o deboche, a ironia... Machado fora muito criticado por isso, em seu tempo — houve quem menosprezasse sua obra, quem não conseguisse ver o que havia nela, disfarçado por vezes pelo tom de brincadeira.

Portanto, não foi à toa que *Memórias de um sargento de milícias* passara quase um século semiesquecido, perdido para o público leitor. Era diferente demais entre os romances da literatura brasileira. E não foi à toa também que o Modernismo, em sua busca pela irreverência, foi redescobrir o livro. E que Mário de Andrade, figura tão especial no Modernismo, tenha sido quem destacou a originalidade da narrativa das diabruras do Leonardo dos mil e oitocentos e sua importância na nossa literatura.

Ou talvez, pensou melhor dona Sofia, seu gosto pelo garoto-peste, Leonardo, fosse algo mais pessoal e íntimo... Sabia apenas que não era à toa que vinha sentindo o impulso de *revisitar* o livro, ultimamente...

E não apenas porque sua neta pedira-lhe, muito aflita, para dar o emprego que ela estava largando para o seu *amigo de infância*...

— Até para ver se ele para com essa criancice de enxergar você como amiga? — disparara dona Sofia, no final da conversa.

— Vovó! — escandalizara-se Izabel. Mas depois sorrira, triste... — A gente é amigo há tanto tempo, nem sei se dá para ser outra coisa. Fico toda sem jeito e...

— Izabel, que bobagem. Essas coisas ninguém sabe como se faz e todo mundo descobre que sabe quando tem de fazer! Homem é que demora para perceber, mas você vai arranjar um jeito de ele entender. Vai, sim.

— Vovó! — repetira Izabel, mais escandalizada ainda e com as faces vermelhas, ardendo.

"Bem, então, é o que vou fazer", assegurou para si mesma dona Sofia, pressentindo o entardecer. E o entardecer era a hora de se sentar, muito sorridente, em sua escrivaninha de mogno, abrindo-a, revelando o que muito pouca gente sabia que existia ali, no interior do móvel antigo: um moderníssimo *laptop*, pelo qual logo estaria conversando com sua netinha caçula, Fiona, prima de Izabel, de seis anos, que morava em Roma — o pai da menina era um dos filhos (ela era viúva de dois casamentos, tinha três filhos e duas filhas, onze netos, duas bisnetas, gêmeas) de dona Sofia, e a mãe era italiana.

— Vou fazer uma arte! — disse, em voz alta agora. — Uma traquinagem! ... Talvez duas! — e soltou uma risadinha debochada, dando o *boot* no seu *laptop*.

· 6 ·

Reflexões de Izabel

Leonardo, este de cá do terceiro milênio, e Izabel já tinham se beijado. E na boca.

Uma vez só.

E fazia tempo.

Tanto tempo que Izabel acreditava que ele nem se lembrava mais.

E que, se lembrasse, diria... "Mas foi coisa de criança, ora... brincadeira da gente, que era muito amigo..."

Tinham cinco anos.

A mãe dela vinha quase todo dia visitar dona Sofia e trazia a filha. Daí, Izabel ia logo para a rua, brincar com Leonardo. Era chegar e já encontrava o menino. Ele parecia que nunca saía daquela rua de paralelepípedos.

No que ela chegava, já encontrava também o Leonardo imundo, suado, correndo para cima e para baixo na vila, subindo em árvores e muros, rolando pelo chão, e Izabel reclamava:

— Puxa, você não para um instante nem quando eu chego! — resolveu ela dizer, certo dia. — Até parece que não está contente de me ver.

Leonardo não entendeu direito a queixa da menina:

— Parar? Parar pra quê? Você veio brincar, não veio?

— É... — disse nessa tarde Izabel, azeda.

— Então brinca, ora!

— Tô dizendo que nem parece que você tava esperando por mim.

— Mas você sempre vem.

— Daí, você nem liga quando eu chego, né?

— Ligo, sim! Eu tava querendo te ver. Tava, sim.

— Mas você já tá um nojo de sujo!

Por um instante, Leonardo até reparou que a menina estava limpinha, arrumada, cheirosa, bonita... Mas um instante só. E claro ("*Claro*, por quê, ora?" — resmungou ela, cá no presente, revendo a cena...) quê nunca se daria conta de que ela quis ficar assim, bonitinha, sabendo que ia encontrar-se com ele, pensando que ele ia ver, e gostar, e que os olhos dele iam brilhar, achando ela muito, muito bonitinha e...

Só que Leonardo, ainda sem entender do que estavam falando, logo retomou a correria, a gritaria, a zorra...

Tinha vezes que, depois de uma discussãozinha dessas, Izabel logo caía na bagunça também. Mas, nessa tarde, não... Ela ficou sentadinha no meio-fio, esperando. Já tinha começado até um jogo de bola, no meio da rua. E Leonardo correndo, e Leonardo gritando, e Leonardo se esparramando no chão de pedra...

E Izabel olhando.

Quando por fim ele veio se sentar do lado dela, para tomar fôlego, Izabel ficou olhando para ele, com aquela carinha aborrecida, magoada... Ele demorou para perceber o olhar dela. Quando isso aconteceu, chegou o rosto mais perto para perguntar, apreensivo:

— O que foi?

Izabel levou meio segundo em silêncio, sem reagir, e outro para sapecar um beijinho nos lábios dele, tão de repente e sem jeito que assustou a ambos, quem beijou e quem foi beijado de olhos arregalados. Então, quase no mesmo impulso, ela pulou, ficando de pé, e saiu correndo para a entrada do casarão, sem olhar para trás — não adiantou Leonardo, ainda espantado, ficar gritando por ela, pedindo para ela voltar. Naquela tarde, ela não tornou a aparecer na rua da vila. Só três dias depois — era raro ficar tanto tempo sumida. E daí, quando chegou, viu Leonardo do mesmo jeito que o encontrara da vez anterior — suado, imundo, correndo e gritando junto com o restante da meninada. Só que dessa vez Izabel entrou na brincadeira, e logo estava tão suada, vermelha e ofegante como todos os outros... E nunca conversaram a respeito daquele beijo.

"Mas que beijo nada! Uma... besteirinha, sem importância nenhuma", ranzinzou Izabel consigo mesma, fechada em seu quarto, já de volta ao presente, já sem sentir a boca de Leonardo na sua, nem o beijinho tão ligeiro e que, só de lembrar, lhe fazia cócegas nos lábios. Ou, não era cócegas, era ardência?

E foi se dando bronca, ralhando consigo mesma por estar se lembrando daquilo outra vez (nos últimos dias, volta e meia recordava o tal do beijo, lhe vinha a cena, parecia que estava acontecendo ali, naquele instante, e o gosto nos lábios, entrando na boca... "Mas que gosto, ora? Um beijo tão sem jeito... de boca fechada! Gosto, só na imaginação... não é?"). E ralhou mais, mais forte, mais decidida: "Boba, duvido que ele lembre. E se lembra, para ele foi... sei lá o que foi. Foi nada, coisa nenhuma! Mas será... que eu gosto dele desde aquele tempo? E me fazendo de amiga, só de amiga..."

Izabel estava preocupada. Leonardo saíra do primeiro encontro com a avó da garota, dona Sofia, e ela já estava no portão da casa para perguntar:

— E aí? Como foi?

Leonardo soltou aquele sorriso... aquele que ela não gostava, de quando ele dizia: "Tudo bem!", e podia-se, isso sim, esperar encrenca para breve.

— Olha, Leonardo... Se você acha que não vai dar para você... — começou ela.

— Como assim, não vai dar? A grana é legal. Vou pagar o conserto do carro do papai e do Asinha em...

— ... Em uns quatro meses de trabalho. Todo dia! — alertou ela, olhando bem nos olhos de Leonardo.

Estavam caminhando quase colados, do jeito que ela achava engraçado eles andarem, porque qualquer um diria que eram namorados, e Leonardo nem percebia. Mas, quando Izabel falou nos quatro meses, Leonardo parou, pensando em voz alta sem se dar conta.

— É, quatro meses. Puxa!

— Pois é. E o trabalho pode ser um troço meio parado demais para você.

— Mas, eu prometi pro papai. Se não for esse trabalho, que outro é que eu vou arranjar? Só se largar a escola. E depois... — de novo, aquele sorriso que Izabel não gostava. — É mole. Deixa comigo. Quatro meses não são quatro anos. — A seguir interrompeu-se, com o olhar de Izabel em cima dele, ele adivinhando a dúvida dela... — Izabel, por favor, confia em mim. Ninguém acredita que eu posso fazer nada direito, mas você...

— Faz o favor de não exagerar, tá? Sem essa de perseguido pelo mundo. Vai fazer gênero pra cima de mim, Leonardo?

— Tá... — ele riu com a dura. — Mas você confia em mim. Mais do que qualquer um. Senão, não tinha dado essa força junto da sua avó.

— Só não põe fogo na casa dela, promete?

— Hum!... Você sabe... — e Leonardo se emocionou ao falar. — Que eu preciso pagar o conserto dessas drogas de carros. E com o dinheiro que eu ganhar trabalhando. Você entendeu tudo. Sabe que isso é muito importante pra mim... não sabe?

Izabel deu um beijo no rosto dele e disse:

— Sei... E sei também que você vai conseguir!

— Tá... — e Leonardo assumiu um tom teatral, gesticulando, falando alto, empolgado, jogando-se para cima da garota... — ... e quando eu for rico e famoso, e estiver contando a minha biografia, vou dizer que, sem você, sem minha Izabel, amigona das amigonas... nada... nada!... nada teria sido possível!

Izabel não conseguiu segurar a sua gargalhada. Leonardo era muito palhaço. O canastrão mais engraçado do mundo. Só que incomodava a Izabel o pensamento, que às vezes se intrometia em meio à ternura que sentia por ele, de que esse talvez fosse o único talento que o garoto mostrava possuir.

— E você vai querer ser arqueólogo, certo? Essa era a da semana passada. Descobrir múmias? Cavar túmulos? Tesouros antigos e maldições bem antigas.

— Essa era legal. Mas já mudei.

— Não diga. Por que será que não estou nem um pouco surpresa?

— Vou ser cineasta. Filmar documentários. Daqueles de aventuras. Sabe aqueles caras que filmam a trilha sagrada para Machu Picchu, no Peru... Ou as estátuas da Ilha de Páscoa...

— E aqueles passeios submarinos cercados de tubarões.

— Iáá-ruu! Já pensou? Você vai junto comigo?

— Fico cuidando do barco. Fora d'água.

— Mas você sabe que eu vou chegar lá, não sabe...?

— Seja lá onde for?

— Claro... — respondeu Leonardo. — O que eu preciso mesmo é que, pelo menos você, acredite que eu vou chegar lá... Tá? — O rosto dele ficou tristonho, de repente. E Izabel sentiu o coração apertar.

Quando eram crianças, e ele aprontava alguma, era ela quem vigiava, para ver se não vinha gente (inclusive na armação de umas tais bombas cabeças de negro, que quando explodiam produziam um estrondo fortíssimo... "Que Pepê jamais descobrisse isso, meu Deus!"...). Quando ele achava esconderijos e passagens secretas, ela era a primeira a quem ele vinha contar. E a única com quem dividia o segredo.

— Leonardo... a gente não é mais criança. Todas essas coisas que você quer fazer, eu acho que pode fazer, sim. Mas não adianta só ter ideias, criatividade, sabe? É preciso aprender coisas... aprender como fazer, dar conteúdo, estudar, aprofundar...Ter algo importante a dizer. Será que eu vou ter que contar de novo para você que Papai Noel não existe? Fui eu quem fez isso, lembra? Você ficou indignado comigo! Uma semana inteira sem me dar nem uma palavra!

Mas Leonardo já ria outra vez. E não havia mais sinal daquele tom sério de minuto e meio atrás no rosto dele, como se tivesse se despregado, caído no chão. Ou se escondido.

— Claro que Papai Noel existe, sua malvada! Você, que desfez minha ingenuidade de criança, pensando que sabia de tudo, é que não sabe, mas Papai Noel existe, sim... Ou, então, vai passar a existir! É o que eu vou ser, depois que me aposentar, daqui a sessenta anos! Eu vou ser Papai Noel! Quer emprego melhor? Dar presente pra todo mundo sem precisar de dinheiro para comprar nenhum deles?

Dava quase para duvidar que ele estivesse havia pouco falando algo sentido, importante para ele. Que não fosse mais um disfarce, mais uma brincadeira. Mas Izabel sabia que era para valer, sim, que era uma parada que ele tinha de levar até o fim, por ele e pela promessa ao pai. Senão...

"Senão, acho que ele começa a se perder mesmo... Como tanta gente diz dele, sem conhecer, ora... Ele ficou tão chocado com o troço que o pai teve, tão arrependido... Acho que precisa provar para si mesmo que não é mau, que pode fazer tudo direito... se quiser!"

E continuava preocupada... Mal chegara em casa, havia ido pro quarto, esperando a hora de jantar, e de passagem pegara o *Memórias de um sargento de milícias* de uma das estantes da mãe...

"É uma forma de dar força a ele, não é? Ler junto... E a gente pode até conversar sobre o livro."

Num instante, já estava embalada na leitura, achando muito engraçada, e chegou ao ponto em que o compadre barbeiro cismou de colocar o menino para começar a prepará-lo para o futuro que tinha em vista para ele, o sacerdócio...

> *[...] À custa de muitos trabalhos, de muitas fadigas, e sobretudo de muita paciência, conseguiu o compadre que o menino frequentasse a escola durante dois anos e que aprendesse a ler muito mal e a escrever ainda pior. Em todo este tempo não se passou um só dia em que ele não levasse uma remessa maior ou menor de bolos [...] Achava ele um prazer suavíssimo em desobedecer a tudo quanto se lhe ordenava [...] Nunca uma pasta, um tinteiro, uma lousa lhe durou mais de 15 dias: era tido na escola pelo mais refinado velhaco; vendia aos colegas tudo que podia ter algum valor, fosse seu ou alheio, contanto que lhe caísse nas mãos: um lápis, uma pena, um registo, tudo lhe fazia conta; o dinheiro que apurava empregava sempre do pior modo que podia. Logo no fim dos primeiros cinco dias de escola declarou ao padrinho que já sabia as ruas, e não precisava mais de que ele o acompanhasse; no primeiro dia em que o padrinho anuiu a que ele fosse sozinho fez uma tremenda gazeta; depois tomou gosto a esse hábito, e em pouco tempo adquiriu entre os companheiros o apelido de gazeta-mor da escola, o que também queria dizer apanha-bolos-mor [...]*

De repente, cismada, Izabel parou a leitura...

"Lá com o Leonardo do livro, que era um capeta, o padrinho primeiro entrega o menino a um torturador que se diz professor e depois quer fazer dele padre à força. E o pior... é que aqui o *meu* Leonardo, eu transformo em ledor, logo ele que nunca aguentou ficar quieto três segundos seguidos... Será que estou tentando o mesmo tratamento do barbeiro? Que ironia...!"

E prosseguiu a garota, acompanhando a gloriosa carreira escolar do Leonardo lá dos anos mil e oitocentos, levando bolos às dúzias, quer dizer, golpes de palmatória aplicados nas mãos, e fazendo gazeta, ou *matando aula,* coisa em que o Leonardo cá do século XXI nasceu entendido. Mas, quem diria, para alegria do seu padrinho, que insistia em levá-lo à missa, o Leonardo, filho do meirinho Pataca e da saloia Maria, acabou de fato por celebrá-las. Claro que nada se deu exatamente como o barbeiro esperava...

> *[...]*
>
> *Pelo hábito de frequentar a igreja tomara conhecimento e travara estreita amizade com um pequeno sacristão que, digamos de passagem, era tão boa peça como ele; apenas se encontravam limitavam-se a trocar olhares significativos [...] assim porém que se acabavam as missas, e que saíam as verdadeiras beatas, reuniam-se os dois, e começavam a contar suas diabruras mais recentes, travando o plano de mil outras novas.*
>
> *[...]*
>
> *O nosso futuro clérigo tinha muitas vezes pensado em como não lhe seria agradável ver-se revestido como o seu companheiro de uma batina e uma sobrepeliz, e feito também sacristão, ter a toda a hora à sua disposição quantos caniços quisesse, ter por sua e de seu amigo toda a igreja, poder nos dias de festa, tomando o turíbulo, afogar em ondas de fumaça a cara da velha que mais perto lhe ficasse na ocasião da missa.*
>
> *[...]*

Afinal o menino tomou um dia uma resolução última, e propôs ao padrinho que o fizesse sacristão.

[...]

E o que aprontou esse Leonardo? Na primeira missa que ajudou a oficiar, que sorte a dele, justamente uma vizinha do barbeiro, que sempre implicava com o peste, era quem estava ao alcance da fumaça de incenso desprendida pelo turíbulo. A mulher foi reclamar com um dos padres da igreja, que deu uma boa de uma bronca nos dois moleques. Só que com isso Leonardo e seu amigo juraram vingança também contra este padre, e tanto armaram contra ele que acabaram os dois postos para fora da igreja.

Logo a seguir, a história do Leonardo do tempo do rei daria um salto, e o iríamos encontrar, agora, um jovem, tido por todos, para desespero do padrinho, como "um completo vadio, um vadio-mestre, vadio-tipo".

("Mas isso não vai acontecer com o meu Leonardo, ah, não vai... Por favor, meu Deus, diga que não!")

Mas, em vez da resposta que Izabel queria, o livro prosseguia alertando que *tudo o que prometia* na vida, Leonardo, com suas estripulias de criança, seria realizado, agora, que começavam as histórias dele já grande, aprontações "se não mais importantes, pelo menos mais sisudas".

"Ai, ai!", suspirou, doída, Izabel, e fechou o livro. Estava na hora de ir jantar...

• 7 •

Represálias

Dona Sofia finalizava um e-mail para sua netinha, Fiona. A garotinha, lá da Itália, toda vez que abria o computador, mandava uma mensagem para a avó, querendo confirmar o papinho *on-line* que teriam, no começo da noite. É claro que dona Sofia não perderia a conversa com a neta por nada, mas Fiona ralhava com a avó se ela não respondesse a cada um de seus repetidos e-mails. Dona Sofia terminou a mensagem, enviou-a, desligou o computador e fechou a escrivaninha. A porta da biblioteca estava encostada. E pelo barulho de passos indo e vindo, bem junto à porta, do lado de fora, ela adivinhou que era Pepê, andando de um lado para o outro, tentando inventar alguma desculpa para entrar. Dona Sofia soltou um suspiro impaciente.

No primeiro dia do trabalho de ledor, depois da entrevista em que se conheceram, Leonardo, que deveria estar na biblioteca de dona Sofia às cinco em ponto, chegou às cinco e trinta e cinco. No segundo dia, chegou "uns minutinhos" depois das seis, pedindo, muito sorridente, desculpas pelo atraso. Em ambos os dias, pediu para sair "meia horinha" antes do combinado, "por causa de um compromisso". No terceiro dia, não apareceu e não deu explicações. E no quarto dia, uma quinta-feira, eram já cinco e meia quando Pepê, finalmente, sempre bufando quando pensava no garoto, entrou na biblioteca e parou diante de dona Sofia que, junto à janela, contraía o cenho, chateada, e não parecia nada disposta a ouvir o *eu não disse?* que pressentia já ansioso para sair da boca de Pepê.

— Quer que eu ligue o ar-condicionado? — perguntou Pepê. — Está quente, hoje. — Era a desculpa que havia preparado para iniciar a conversa.

— Não precisa, Pepê — respondeu dona Sofia. — Fui eu quem desligou. Estava com um cheirinho de queimado. É melhor chamar o técnico, para ver se está em curto.

— Sim, senhora... — disse Pepê, desanimada porque dona Sofia não parecia inclinada a comentar com ela o atraso de Leonardo. Então, decidiu-se a falar...— Desde que ele era criança, quando alguma coisa que não prestava acontecia na vila, a gente podia estar certa de que o seu novo assistente estava metido na história. Tocar a campainha da casa da gente e sair correndo era todo o dia. Uma vez, todas as casas acordaram sem os capachos das portas da frente. Quem escondeu? Adivinha. E bicho morto pendurado na grade da janela da gente? E titica de bicho, bem de um jeito para a gente pisar, distraído, quando saía ou entrava na casa?

Dona Sofia soltou um muxoxo, e voltou-se para a janela, virando-se de costas para Pepê, como se procurasse por Leonardo na vila.

— Numa época, já mais crescido, ele deu de armar cabeças de negro em guimbas de cigarro acesas, debaixo de uma lata qualquer. Daí, escondia em algum canto e fugia. Minutos depois, aquilo dava uma explosão que o coração da gente parava. E o peste adorava soltar esses troços terroristas dele junto da minha casa. Então, quando entrou na fase das pichações, ele...

— Escuta aqui, Pepê — grunhiu dona Sofia, nitidamente mal-humorada —, algum dia o Leonardo saiu aí pela vila gritando: *Fogo! Fogo!* só para ver todo mundo fugir de casa correndo... alguns sem roupa?

— Ih, dona Sofia, nem dá ideia!

— Ou ele chegou na caixa-d'água do chuveirão, quando tinha um desses aí na vila, pro pessoal que não tinha água encanada em casa poder tomar banho, e derramou uma lata inteira de tinta, daquelas bem berrantes, na caixa-d'água, para ver a família toda ter de sair meio azulzinha na rua?

— Ora, imagina!

— Eu fiz tudo isso, Pepê!

— Dona Sofia!

— Fiz isso tudo, e mais! E pior!

— Não acredito.

— Quando era criança! Fiz, sim. E se não fosse por aquelas drogas de infecções que me fizeram perder a visão, ia ter aprontado muito, muito mais! Você ia ter um enfarte comigo, se morasse aqui, na época, Pepê. Se existisse naqueles tempos essa história de *tolerância zero*, que tantos países praticam, hoje, que tanta gente sem complacência exige... essa de prender qualquer um por qualquer coisa mínima e tratá-lo como criminoso perigoso... ah, se isso fosse aplicado em mim, eu ia presa antes de completar dez anos.

— Eu... — Pepê deteve-se por um instante, intrigada, surpresa, pensando... — pensei que a senhora estivesse fazendo isso pela Izabel...

— Não só... é por mim também. Vê se entende, Pepê... Esse garoto não é mau. Ele tem energia, tem gana de viver... Mas não é mau. É como o Leonardo do livro, que encontrou gente que acreditou no que ele tinha de bom, e o ajudou na vida. Se não ele se perdia, e virava outra coisa. Isso acontece. O nosso Leonardo de cá...

E Pepê reagiu com uma careta, ao escutar falar em "*nosso* Leonardo"...

— ... Ele é um bom garoto. Só que ainda não tem certeza disso. Então, o Mal pode levar ele embora, sim, se ele botar para dentro de si o que todo mundo acha que ele é... Se ele se sentir sozinho, Pepê. Você não quer isso, quer?

— Não. Mas fico preocupada... — Pepê soltou um soluço, lá do fundo de seu peito côncavo. Dona Sofia imediatamente desfez a zanga e foi abraçá-la. — Tenho medo que ele magoe a senhora. E à Izabelzinha também.

— Eu não sou nenhuma indefesa, Pepê. Sou cega, mas não indefesa!

— Mas eu sei disso! — exclamou Pepê, agora espantada. — Imagine, eu nunca achei que a senhora fosse...

— Achou, sim. E acha... de vez em quando, acha. E fica querendo me tratar como se eu fosse uma pessoa incapaz. Eu é que não deixo. Entenda, Pepê, não é que eu não saiba que é carinho seu... mas eu não posso deixar isso acontecer. O que seria de mim, se eu ficasse acreditando que tenho de ser indefesa, para corresponder ao que os outros acham? Só eu sei o que eu posso fazer e não posso, Pepê. E também não precisa se preocupar tanto com a Izabel. A meiguice dela não é fraqueza. Afinal... — e dona Sofia sorriu orgulhosa — ela é minha neta.

E quando Pepê, ainda aos soluços, ia responder, quem aparece sorridente na porta?

— Olá, gatonas! — cumprimentou Leonardo. — Se estou interrompendo a cena, volto mais tarde.

Bufando maldições e calamidades, Pepê empertigou-se, soltando-se do abraço de dona Sofia, e saiu da biblioteca em passos rápidos e pesados. Muito à vontade, o garoto sentou-se na poltrona que ocupava habitualmente, pegou o livro, que já o esperava na mesinha, e o abriu, guiado pelo marcador, na página onde havia parado.

Dona Sofia aproximou-se com passos tão suaves que ele quase a imaginou deslizando no ar. E bem que a estava vigiando, com o rabo do olho. Só que em vez de se sentar na outra poltrona, ela parou em frente a ele.

Era um jogo. O silêncio acusador de dona Sofia contra a tentativa de fingir absoluta normalidade de Leonardo. A disputa demorou alguns instantes. E foi o garoto quem começou a dar mostras de incapacidade de sustentar sua posição. Começou a piscar, a remexer-se na poltrona. Finalmente, teve de reconhecer que, parada onde estava, e principalmente *como* estava, dona Sofia não iria permitir que ele simplesmente começasse a ler, sem mais nem menos. É que a senhora tinha plena consciência de que, se fizesse isso, perderia para sempre o pé na relação dos dois.

— Eu... bem... faltei ontem porque...

— Eu não quero saber!

— Mas, eu... tive um bom motivo, eu...

— Poderia até ter sido um bom motivo, se fosse dado ontem. Por telefone, ou como quer que fosse. Como isso não aconteceu, por melhor que tenha sido, virou simples desconsideração para comigo. Por isso, não quero saber do seu motivo.

— É que...

— O que eu quero saber — interrompeu dona Sofia, não dando espaço ao garoto —, ou melhor, do que quero ter certeza que você saiba é que, se repetir a falta ao trabalho, os atrasos, as saídas mais cedo...

— Olha, justamente hoje eu tenho mesmo que sair uns minutinhos...

— Está despedido.

— Mas...

— Sem irritação, sem mágoa. Mas é como acontece no mundo de gente grande, Leonardo. Se você falhar mais uma vez sequer, para mim chega. Registrou?

— Eu... — Leonardo ainda pensou em dizer alguma coisa, em argumentar, em explicar, por exemplo, que naquela quinta-feira seria a última vez que ele pediria para sair mais cedo porque...porque... Mas aí os olhos opacos de dona Sofia cravaram-se nele não lhe permitindo nada mais além de responder, muito a contragosto: — Desculpe, dona Sofia. Não vai mais acontecer.

— Claro que não... — disse a senhora sorridente, sentando-se agora na poltrona. — E então, parece que o padrinho do nosso Leonardo do tempo do rei já tinha desistido de fazer o afilhado padre. Daí... Leia, leia!

> *[...] A comadre, quando alguma vez aparecia por casa do barbeiro, não cessava de insistir no seu antigo projeto de fazer o rapaz entrar para a Conceição. Uma ocasião em que nisso falou diante dele, custou-lhe a história uma forte sarabanda [...]*

— Puxa — reclamou Leonardo diante de dona Sofia. — A gente tem de ler esse livro com um dicionário do lado.

— Esse "sarabanda" aí quer dizer que ela levou uma bronca. Foi repreendida. E quanto ao dicionário, tem um ali em cima — disse ela apontando uma prateleira à sua direita. — Esteja à vontade.

O caso é que Leonardo, o afilhado do barbeiro, estava apaixonado. Ou, como se diz no livro: "... havia pois chegado à época em que os rapazes começam a notar que o seu coração palpita mais forte e mais apressado, em certas ocasiões, quando se encontra com certa pessoa, com quem, sem saber por quê, se sonha umas poucas noites seguidas, e cujo nome se acode continuadamente a fazer cócegas nos lábios"...

— Cócegas nos lábios? Mas que jeito bobo de dizer! — gargalhou Leonardo. — Então que o idiota está apaixonado e nem sabe disso.

— O seu xará? — provocou dona Sofia.

— Ele, ora... por que está me olhando desse jeito, dona Sofia?

— Leonardo — replicou a senhora sorrindo —, a rigor, eu não *olho*.

Mais do que embaraçado, o garoto quis corrigir-se, sem conseguir:

— É uma coisa em seu rosto que eu... sei lá...

— Estou apenas me lembrando de uma outra passagem do livro, muito mais à frente... "Dizem todos, e os poetas juram e tresjuram, que o verdadeiro amor é o primeiro; temos estudado a matéria, e acreditamos hoje que não há que fiar em poetas: chegamos por nossas investigações à conclusão de que o verdadeiro amor, ou são todos ou é um só, e neste caso não é o primeiro, é o último. O último é que é o verdadeiro, porque é o único que não muda..." — e ela completou, maliciosa: — Está entendendo, Leonardo?

— Nada — confessou o garoto. — E olha que eu já tive um montão de namoradas.

— Puxa, mas que máximo você deve ser! — brincou dona Sofia, embaraçando Leonardo. — O que eu estou dizendo é que o seu último ou muito me engano ou será também o primeiro.

— Entendi menos ainda!

Dona Sofia suspirou, abrindo os braços, impaciente:

— Vocês, homens...! Ora, continue a ler, Leonardo!

— Mas...

— Por favor... Vai começar o namoro! Leia!

O nome da moça era Luisinha, sobrinha de uma tal dona Maria, senhora endinheirada. Logo que o barbeiro notou a aproximação dos dois, ficou entusiasmado. Um bom casamento era sem dúvida uma maneira inesperada, mas muito proveitosa, de arrumar a vida do seu afilhado. Pediu logo a ajuda da sua comadre, a madrinha de Leonardo, que gostava do peste quase tanto quanto o barbeiro, e era amiga de confiança de dona Maria. E tantas fez a comadre, afastando o medo que dona Maria tinha da fama do Leonardo, assim como combatendo com unhas, dentes e língua afiada um outro pretendente à mão de Luisinha — o qual a bem da verdade só tinha olhos para o dote da moça e a herança que dona Maria lhe deixaria — que a coisa entre a garota e Leonardo acabou engrenando. Ela foi o primeiro amor do herói das *Memórias*...

Naquele tempo, que era o tempo do rei, uma das festas populares preferidas do povo fluminense era a Folia do domingo do Espírito Santo. Já o narrador de *Memórias de um sargento de milícias* lamentava: "Hoje mesmo que se vão perdendo certos hábitos, uns bons, outros maus [...] Aquele que escreve estas Memórias ainda em sua infância teve ocasião de ver as Folias, porém foi já no seu último grau de decadência". É preciso lembrar que o livro foi escrito lá pelos anos de 1850, mas as traquinadas e quiproquós do Leonardo haveriam ocorrido uns quarenta anos antes.

> *[...] Durante os 9 dias que precediam o Espírito Santo, ou mesmo não sabemos se antes disso, saía pelas ruas da cidade um rancho de meninos, todos de 9 a 11 anos, caprichosamente vestidos à pastora: sapatos cor-de-rosa, meias brancas, calção da cor do sapato, faixas à cintura, camisa branca de longos e caídos colarinhos, chapéus de palha de abas largas, ou forrados de seda, tudo isto enfeitado de grinaldas de flores, e com uma quantidade prodigiosa de laços de fita encarnada. Cada um destes meninos levava um instrumento pastoril em que tocavam, pandeiro, machete e tamboril. Caminhavam formando um quadrado, no meio do qual ia o chamado imperador do Divino, acompanhados por uma música de barbeiros, e precedidos e cercados por uma chusma de irmãos de opa, levando bandeiras encarnadas e outros emblemas, os quais tiravam esmolas enquanto eles cantavam e tocavam.*

O imperador, como dissemos, ia no meio: ordinariamente era um menino mais pequeno que os outros, vestido de casaca de veludo verde, calção de igual fazenda e cor, meias de seda, sapatos afivelados, chapéu de pasta, e um enorme e rutilante emblema do Espírito Santo ao peito: caminhava pausadamente e com ar grave. [...]

Parte das festas era à noite, quando acontecia um espetáculo de fogos, ao qual Luisinha nunca tinha assistido. Combinaram então, o barbeiro e seu padrinho, de passarem pela casa de dona Maria e levarem a ela e Luisinha para o Campo de São Cristóvão, residência da Família Real, onde o povo costumava estender no chão esteiras e cear, com guloseimas trazidas de casa, cercados por gente cantando, dançando e tocando violão. O Campo se transformava numa grande animação...

[...] No melhor da ceia foram interrompidos pelo ronco de um foguete que subia: era o fogo que começava. Luisinha estremeceu, ergueu a cabeça, e pela primeira vez deixou ouvir sua voz, exclamando extasiada ao ver cair as lágrimas inflamadas do foguete que aclaravam todo o Campo:

— Olhe, olhe, olhe!...

[...]

Aos foguetes seguiram-se, como sabem os leitores, as rodas. Nessa ocasião, o êxtase da menina passou a frenesi; aplaudia com entusiasmo, erguia o pescoço por cima das cabeças da multidão [...] Sem saber como, unia-se ao Leonardo, firmava-se com as mãos sobre os seus ombros para se poder sustentar mais tempo nas pontas dos pés [...] O contentamento acabou por familiarizá-la completamente com ele. Quando se atacou a lua, a sua admiração foi tão grande que, querendo firmar-se nos ombros de Leonardo, deu-lhe quase um abraço pelas costas. O Leonardo estremeceu por dentro, e pediu ao céu que a lua fosse eterna [...]

O caso é que, apesar da campanha da comadre junto de dona Maria, e das fofocas jogadas contra o outro pretendente, um tal José Manuel, a verdade é que Leonardo não era nem de longe um bom partido para Luisinha. Logo apareceu quem desfizesse para dona Maria as muitas intrigas da comadre contra José Manuel e acrescentasse informações sobre Leonardo que fizeram a tia de Luisinha descobrir que "o rapaz tomara gosto à vida de vadio, e por princípio algum queria deixá-la".

Leonardo acabou se tornando pessoa mal recebida na casa de dona Maria. E a isso veio se somar "um triste sucesso, e da mais alta importância, [que] veio alterar a vida de Leonardo, ou transformá-la mesmo":

> *[...] o compadre caiu gravemente enfermo. A princípio a moléstia pareceu coisa de pouca monta, e a comadre, que foi a primeira chamada, pretendeu que todo o incômodo desapareceria dentro de dois dias, tomando o doente alguns banhos de alecrim. Nada porém se conseguiu com a receita; o mal continuou. Recorreram então a um boticário conhecido da comadre, que juntara ao seu mister, não sabemos se com permissão das leis ou sem ela, o mister de médico.*
>
> *[...] Apenas chegou e viu o doente declarou que em poucos dias o poria de pé; bastava que ele tomasse umas pílulas que lhe ia mandar da sua botica: eram um santo remédio, segundo dizia, mas custavam um bocadinho caro, porém valia a vida de um homem. A comadre quando ouviu falar em pílulas franziu a testa.*

— Pírolas, disse consigo; então o negócio é sério; e eu, que tenho má fé com pírolas; ainda não vi uma só pessoa que as tomasse e escapasse.

E avermelharam-se imediatamente os olhos.

O boticário retirou-se levando consigo o Leonardo, que trouxe as pílulas. A comadre, olhando para elas, abanou a cabeça.

— Ora, disse, eu pensei que ele lhe mandasse dar alguns banhos; cá por mim, com alecrim havia de pô-lo bom.

— Mas eles estão todos loucos? — exclamou Leonardo, surpreendendo dona Sofia.

— O que foi? — perguntou a senhora, intrigada com a reação do garoto, que ficara nitidamente nervoso.

— Esse pessoal, eles nem sabem o que tem o coitado do pai do Leonardo...

— É o padrinho dele...— corrigiu-o dona Sofia.

— É... o padrinho. Eles nem sabem direito o que o homem tem.

— Não havia exames cheios de tecnologia na época, Leonardo. Nem médicos. Ou muito poucos, só para gente rica. Veja só, ele está se consultando com um dono de botica, uma farmácia da época... Falam até em alecrim, que hoje só é usado para tempero!

— Mas ele... — Leonardo gaguejava... — não vai morrer, vai?

— Leia, Leonardo... Leia.

A comadre tinha razão até certo ponto, pois que no fim de três dias, depois de feitos todos os preparos religiosos, o compadre deu a alma a Deus.

E dona Sofia precisou repetir:

— Leia, Leonardo. Por favor, continue.

O garoto retomou a leitura. Com voz embargada, no início, mas foi se recuperando aos poucos.

> *[...] O Leonardo sofreu um grande choque, e no meio do seu atordoamento encolheu-se em cima do canapé com a cabeça sobre os joelhos [...]*
>
> *Passou-se a noite; no outro dia saiu o enterro com todas as formalidades do estilo. Depois disso tratou-se de resolver uma importante questão: para a companhia de quem iria Leonardo? A abertura do testamento feita neste mesmo dia resolveu a questão. O compadre havia instituído a Leonardo por seu universal herdeiro. A comadre informou de semelhante coisa ao Leonardo-Pataca, e este apresentou-se para tomar conta de seu filho. Não pareceu o rapaz muito satisfeito com a graça: não sei como veio-lhe à ideia aquele terrível pontapé que o fizera fugir de casa; além disso raríssimas vezes vira depois disso a seu pai, e estava completamente desacostumado dele. Não havia porém outro remédio; foi preciso obedecer e acompanhá-lo para casa [...]*
>
> *Cumpre notar que se em vida do compadre corriam boatos que pareciam exagerados a respeito do que ele possuía, quando morreu pôde ver-se que esses boatos tinham ainda ficado muito aquém da verdade, pois deixara ele um bom par de mil cruzados em espécie. Entregues alguns legados de pouca monta etc. tudo o mais veio a cair nas mãos do Leonardo-Pataca como herança de seu filho.*

E neste ponto Leonardo cá do tempo presente interrompeu de novo a leitura. Dona Sofia arqueou as sobrancelhas como se estivesse escutando os pensamentos do rapaz. Finalmente, ele observou:

— Isso não tem a menor chance de dar certo.

— Quem ouve você falar até pensa que você conhece intimamente esse Leonardo daí. Por que será?

O garoto sorriu. Um sorriso sincero, correspondido pela expressão amena de dona Sofia.

Por identificação com um seu semelhante ou por dedução óbvia, o fato é que nosso Leonardo de cá estava certo. Logo, o Leonardo de lá arranjou confusões em série com a atual mulher de seu pai. Só a comadre, ao que parece, sempre o defendia. Mas não adiantou muito. Tantas foram, que um dia Leonardo-Pataca, fora de si, saiu correndo atrás do garoto, seu filho, brandindo sua espada de meirinho…

> *O pobre rapaz saíra, como dissemos, pela porta fora, e caminhando apressadamente olhava de vez em quando para trás, pois julgava ver ainda enristado contra si o espadim com que o pai o ameaçara, que parecia com ele querer acabar a obra que um pontapé começara. […] Tinha gasto largo tempo nesta meditação, quando foi repentinamente acordado por umas poucas de gargalhadas partidas detrás de umas moitas vizinhas. Estremeceu da cabeça aos pés; pareceu-lhe que lhe tinham lido os pensamentos que lhe passavam pela mente e que se riam dele. Voltou-se, nada viu; guiado por um rumor que ouvia, começou a procurar, e sem grande trabalho viu, atrás de umas moitas um pouco altas, uns poucos de rapazes e raparigas, que, assentados em uma esteira entre os restos de um jantar, debruçavam-se curiosos sobre dois parceiros que, com um baralho de cartas amarrotado e sujo, desencabeçavam uma intrincada partida de bisca! […] Tentou entretanto voltar, porque não se queria meter em festa alheia, quando, levantando um dos jogadores a cabeça, conheceu nele um seu antigo camarada […]*

O tal camarada que Leonardo reconhecera no bando era um tal Tomás da Sé, que fora coroinha com ele e seu cúmplice nas tantas e boas que Leonardo aprontara em sua breve carreira religiosa. E que havia de apresentá-lo e colocá-lo para dentro daquele bando festeiro. De fato, a sorte parecia que ia tramando o destino do Leonardo do tempo das patacas, porque, naquele grupo, estava alguém que seria muito importante para ele. Nosso Leonardo cá do presente suspeitou, e fez cara safada, tão logo começou a ler a descrição da moça, que se chamava Vidinha e que se preparava para cantar uma modinha...

> *Vidinha era uma mulatinha de 18 a 20 anos, de altura regular, ombros largos, peito alteado, cintura fina e pés pequeninos; tinha os olhos muito pretos e muito vivos, os lábios grossos e úmidos, os dentes alvíssimos, a fala era um pouco descansada, doce e afinada.*
>
> *[...]*
>
> *Assentou-se finalmente que ela cantaria a modinha:* Se os meus suspiros pudessem.

— Ridículo! — exclamou Leonardo, morrendo de rir.

— Estava esperando o quê? — aborreceu-se dona Sofia. — Um *funk*? Um *rock*? A modinha é um gênero bem romântico, e na época era comum pessoas cantando acompanhadas do violão. Muitos poemas do romantismo foram musicados, viraram modinhas e tornaram-se bastante populares. Não é à toa que a poesia romântica mais comum é tão musical, os versos e rimas, quero dizer. Mas você acha que a música popular brasileira é tão boa por quê? Não nasceu de chocadeira, não... tem história. E raiz nesses costumes bem do povo, de cantar no meio da rua. Não era chique. De bom-tom era cantar nos salões, acompanhado de harpa, violino, piano... e nada de modinhas, mas árias de ópera. Acontece que a garotada da época se divertia nas tais *súcias*... as farras na rua... ah! E como!

— Puxa, eu não trocaria uma súcia por nenhum outro programa chique da época, dona Sofia!

— Leia, garoto! — replicou fingindo zanga, a senhora. Seu ledor estava cada vez achando tudo mais divertido... A letra cantada por Vidinha era assim...

Se os meus suspiros pudessem
Aos teus ouvidos chegar,
Verias que uma paixão
Tem poder de assassinar.

Não são de zelos
Os meus queixumes,
Nem de ciúme
Abrasador;
São das saudades
Que me atormentam
Na dura ausência
De meu amor.

E a toada de Vidinha foi o suficiente para fazer Leonardo, o dos anos mil e oitocentos, ficar de boca aberta, e não tirar mais os olhos de cima da garota. Já o nosso Leonardo de cá se contorcia de tanto rir, debaixo da expressão severa do rosto de dona Sofia... Quando finalmente ele se controlou, ela disse:

— Está na hora, você já pode ir —, o que fez Leonardo saltar da cadeira como se tivesse uma mola instalada nos fundilhos. Dona Sofia prosseguiu... — Não é curioso, Leonardo...? Parece que nós mulheres vivemos tendo de chamar a atenção dos homens para nosso amor por eles.

— C-Como assim...? — Leonardo sobressaltou-se, sem saber ao certo por quê.

— Nada...

— Mas... — protestou o garoto.

— Boa noite, Leonardo. Até amanhã.

— De quem a senhora estava falando?

— Até amanhã. (E pensou: "Seu meninão grande e bobo!").

Ressabiado, Leonardo deixou o casarão. Havia combinado telefonar para Izabel, como fazia todos os dias, para dar notícias. No que entrou em casa, entretanto, deu com o pai, seu Nasário, sentado no sofá. Havia um envelope na mão dele, e Leonardo sabia do que se tratava. Havia deixado o envelope mais cedo para a mãe entregá-lo ao pai assim que ele chegasse do trabalho. Seu Nasário, no que viu o filho entrar, soltou uma fungada e enxugou disfarçadamente os olhos.

— Ah, pai, você é uma manteiga derretida mesmo, heim?

— Filho... Este cheque... Você sabe que não é pelo dinheiro.

É por você ter ganho... com seu trabalho.

— Foi a combinação com dona Sofia. Ela adiantou o pagamento do conserto e eu...

Seu Nasário não deixou o filho terminar. Com impressionante agilidade para os seus cento e vinte quilos, saltou do sofá e, no mesmo movimento, agarrou o Leonardo num abraço de quebrar costelas. O garoto gemeu, o tórax espremido exalando todo o ar que sustinha.

— Pai...!

— Filho! Leo! Eu sempre soube... que podia confiar em você. Juro que eu sabia, sempre soube! Você é um bom garoto. Os vizinhos que se danem. Eu sei quem meu filho é!

— Pai... me solta... — agora, era Leonardo que sentia os olhos arderem, o choro pedir passagem; mas isso ele não ia deixar acontecer. Na frente do pai? De jeito nenhum.

Seu Nasário o soltou. Mas, com os olhos ainda vermelhos, seu rosto agora se abria num sorriso colossal.

— Você sabe o que vou fazer? Agora mesmo... neste momento?

— ... Não!?

— Esfregar este cheque na cara da Pepê. E dizer de onde veio. Que meu filho está pagando o prejuízo do carro do filho dela. E com dinheiro ganho trabalhando.

— Mas ela sabe. Ela...

— Eu vou dizer isso bem na cara dela e pronto! — rugiu seu Nasário. E a seguir deu nova fungada, enxugando os olhos sem constrangimentos. — Sabe, filho... — seu Nasário soltou o ar do peito, com profunda satisfação, e um sorriso maldoso no rosto —, você está dando ao seu pai uma das maiores alegrias da minha vida. Estou orgulhoso, muito orgulhoso de você. Ah, vou adorar fazer isso, ver a cara daquela...

E depois de dois tapas vigorosos no ombro de Leonardo, coisa de homem para homem, ele exclamou algo que soou como: *yá yûne*, que, do pouquíssimo árabe que sabia, Leonardo reconheceu como uma expressão que sua avó, dona Hinde, senhora dos quibes e esfihas, das essências oleosas perfumadas, dos gênios das lâmpadas e dos mistérios dos oásis dos desertos, costumava repetir para os netos, quando era viva, algo que ele não escutava desde criança, e que nunca ouvira o pai pronunciar, mas que sabia que queria dizer alguma coisa como "você é a luz da minha vida".

Seu Nasário saiu apressado, logo em seguida. Leonardo a princípio ficou estatelado, ali de pé, na sala. Aos poucos, entretanto, a compreensão veio chegando e ele abriu um sorriso quase tão luminoso quanto o do pai. E muito mais malicioso. Foi cantarolando, feliz, que se encaminhou para seu quarto.

• 8 •

Amores e sustos

Assim que soube que Leonardo havia sido expulso de casa pelo seu pai, o Pataca, a comadre não só passou uma descompostura no meirinho como, muito aflita, saiu procurando o seu afilhado por todos os lados. Mas não seria fácil encontrá-lo. E enquanto a leitura avançava, assim como o namoro do Leonardo de lá com a mulata Vidinha, por aqui em nosso tempo, na vila, alguma coisa também estava prestes a rolar entre Izabel e o nosso Leonardo...

E tudo começou exatamente quando Izabel mostrou toda a sua decepção por o Leonardo lá dos mil e oitocentos ter esquecido, bastando apenas uma modinha tocada na viola e uma voz “faceira” (palavra daqueles tempos, ela sabia, mas usava com certo deboche), a menina Luisinha, que lhe entregara o coração, e que não tivera nada a ver com as armações e desarmações que estremeceram as relações entre a comadre, defensora de Leonardo, e dona Maria, tia da moça.

— O caso — reclamava Izabel — é que esse safado sempre vai ter quem o defenda.

— Culpa dele se é simpático?

— Simpático, não sei. Tem uma lábia danada, isso, sim! Até parece outro Leonardo que eu conheço, que apronta mas sempre acaba achando quem fique do lado dele.

— Já entendi! — disse Leonardo, magoado. — Você se cansou de me defender, é isso?

— Eu? — exclamou Izabel. E a mão da garota, sem que ela se desse conta, veio direto nos cabelos de Leonardo, acariciando-os, os olhos dela brilhando. — Eu nunca vou deixar de estar do seu lado. Você sabe disso, seu danado. Nunca!

Então aconteceu. No que Leonardo se voltou sorrindo, ainda cínico, mas dando então com os olhos dela. Com a intensidade daqueles olhos, querendo por tudo lhe contar o que era impossível que ele ainda não soubesse. E o cinismo se derreteu do rosto dele, ou melhor, fez *puf!* como casca de bolha de sabão, ou algo mais tênue ainda. E uma zonzura tomou conta dele, deixou-o preso aos olhos dela, e, quando viu, foi se aproximando, puxado pelos lábios dela, que se entreabriram, com os olhos dela agora baixando para os lábios dele, que vinham ao seu encontro, e ela o abraçou para recebê-lo e... no segundo seguinte, como uma imagem sendo corrida à frente, estavam se beijando.

Os pensamentos de Leonardo saíram do mundo, como se os personagens do *Memórias de um sargento de milícias* viessem representar a cena ao redor dele. Era a voz da mulata Vidinha, sedutora e maliciosa que cantava, para o outro Leonardo:

Duros ferros me prenderam
No momento de te ver;
Agora quero quebrá-los,
É tarde não pode ser.

Lá na cena do livro, o Leonardo do ano mil e oitocentos e tal desmilinguia-se de vez para Vidinha. E nisso já ia arranjando encrencas, porque a Vidinha "era uma rapariga que tinha tanto de bonita como de movediça e leve: um soprozinho, por brando que fosse, a fazia voar, outro de igual natureza a fazia revoar, e voava e revoava na direção de quantos sopros por ela passassem; isto quer dizer, na linguagem chã e despida da retórica, que ela era uma formidável namoradeira, como hoje se diz, para não dizer lambeta, como se dizia naquele tempo".

Acontece que Vidinha tinha dois primos que não saíam do seu pé, apaixonados por ela; e ambos logo começaram a tramar como iam se livrar do novo rival. Nesse meio-tempo, ainda, a comadre, coitada "correra toda a cidade", a procura de Leonardo, sem conseguir achá-lo, enquanto "estava ele tranquilo e descansado mirando-se nos olhos de Vidinha, regalando-se a ouvir modinhas". Ele estava bem arranjado. Daí que Leonardo...

> *[...] foi declarado agregado à casa de Tomás da Sé [...] Ninguém se admire da facilidade com que se faziam semelhantes coisas; no tempo em que se passavam os fatos que vamos narrando nada havia mais comum do que ter cada casa um, dois e às vezes mais agregados.*
>
> *Em certas casas os agregados eram muito úteis, porque a família tirava grande proveito dos seus serviços [...] outras vezes porém, e estas eram em maior número, o agregado, refinado vadio, era uma verdadeira parasita [...]*
>
> *Em qual dos dois casos estava ou viria estar em breve o nosso amigo Leonardo? O leitor que o decida pelo que se vai passar.*
>
> *Principiemos por declarar que as duas velhas irmãs [tias de Luisinha] tinham concedido desde o primeiro momento uma decidida simpatia por ele, e era esse o único ponto por onde o podemos julgar um pouco feliz: se a cada passo encontrava contrariedades e antipatias, também lhe não faltavam por contrabalanço simpatias e favores. [...]*

Cá na vila, em nosso tempo, Leonardo e Izabel haviam se desgrudado, finalmente. Fora um beijo só, provavelmente mais longo que muitos beijos cinematográficos. Izabel sorria para ele, com cara de quem diz mas não diz, só pensa, "eu não disse?". Já ele, olhos arregalados, assustado, era como se tivesse sido trazido de repente para o momento atual... Ou como se estivesse olhando para Izabel pela primeira vez na vida. Era verdade; *aquela* Izabel, ele nunca vira. E, espantado, Leonardo se deu conta de que estava com os braços ainda passados por trás dos ombros dela, e que os rostos, dele e dela, estavam ainda tão próximos que a respiração dele, ou a dela, ardia em sua face — porque ele estava sentindo calor, muito calor, um calor tremendo — e que ela remexia nos cabelos dele, com todos os dedos, e que havia um brilho de felicidade no rosto de Izabel, sua amiga... sua...? O que mesmo? Nem quis saber, quis foi beijá-la de novo. E aproximou a boca da boca de Izabel. E a viu sorrindo, e tudo se apagou em volta outra vez...

> *[...] porém os dois primos [pretendentes desprezados de Vidinha] tramavam e tramavam largamente [...]*
>
> *Leonardo passava vida completa de vadio, metido em casa todo o santo dia, sem lhe dar o menor abalo o que se passava lá fora pelo mundo. O seu mundo consistia unicamente nos olhos, nos sorrisos e nos requebros de Vidinha.*
>
> *Um dia, forjaram uma patuscada semelhante à que dera origem ao conhecimento do Leonardo com a família. [...]*
>
> *À hora aprazada partiram.*
>
> *Quem estivesse menos distraído pelo prazer da patuscada do que estava qualquer dos suciantes, notaria que os dois primos deixavam-se de vez em quando ficar atrás, e cochichavam como se tramassem uma conspiração. [...]*

Chegaram ao lugar determinado ao romper do dia. Apenas começavam a preparar-se para o almoço, viram surdir, ninguém soube bem de onde, a figura alta, magra, severa e sarcástica do nosso célebre major Vidigal [...] e [...] sorrindo-se, disse, como costumava, com sua voz descansada:

— [...] Quero só saber quem é aqui o amigo Leonardo.

Vidinha fez logo cara de choro. Leonardo levantou-se sem saber como, e disse todo trêmulo:

— Sou eu...

— Ora vejam, respondeu o Vidigal em tom de mofa, eu não sabia! [...] Este amigo vai conosco. Se ele puder, voltará em breve... mas creio que já não chegará a tempo para acabar a patuscada.

— Qual, meu Deus! mas por que é então isto? que mal é que ele fez?

— Ele não fez nem faz nada*; mas é mesmo por não fazer nada que isto lhe sucede. Leva, granadeiro.*

[...]

Vidinha desatou a chorar [...]

— Tá na hora! — disse Izabel, interrompendo mais um beijo de fazer perder o fôlego.

— Na hora? — estranhou Leonardo, sem entender nada. E isso no que o cheiro da boca de Izabel amolecia seus pensamentos a ponto de fazê-lo querer ficar beijando mais e mais, só beijando o resto da vida.

— Vovó tá esperando você. Tá na hora!

Finalmente ele entendeu, soltou-se sem vontade do abraço dela. E bem que ela também não o queria largar, mas largou. E o empurrou, carinhosamente, rindo, rindo muito, de uma felicidade solta, sem acreditar no que ia acontecendo, mas o empurrou para que ele se encontrasse de vez, voltasse ao presente, à vila, e conseguisse voltar também a pensar. E quanto mais atrapalhado ele ficava, sem saber o que fazer ainda, mais ela ria. E mais linda ficava, quanto mais ria. E com menos vontade ainda de ir-se dela Leonardo ficava, mais confuso ainda, acreditando menos ainda que ela no que estava acontecendo.

— Vai! — ela disse, empurrando-o mais uma vez.

— Mas...

— Vai! Depois... [um beijo]... a gente... [outro]... conversa!

O pescoço todo torcido para trás, sem querer perdê-la de vista, e ora correndo, ora brecando, quase voltando para ela, e Izabel que se punha na ponta dos pés, como se fosse levitar a seguir, acenava, dizendo baixinho:

— Vai... vai!

Ele foi... E ela também correu para casa, só pensando nele. Só querendo estar com ele, que deveria estar lendo para sua avó naquele momento, e que parte do livro era? Onde estaria? Izabel abriu o *Memórias de um sargento de milícias* bem quando o Vidigal levava Leonardo preso. E o rapaz só pensava que precisava fugir, senão o cruel major, no mínimo, ia mantê-lo preso dias e noites, debaixo de pancada.

E por quê? Qual fora o crime? Bem, começara com os primos de Vidinha... "Foram ter com o Vidigal, e sem precisar mentir armaram ao Leonardo uma cama muito bem-feita: era um homem sem ofício nem benefício, vivendo à custa alheia, enchendo de pernas a casa de duas mulheres velhas, a quem não tinha aproveitado a experiência, e, o que é mais, roubando aos primos o amor de sua prima..."

"Mas isso é crime", pensou Izabel indignada. "Que direito ele tinha de prender o *coitado*"... Direito? Se a avó lhe ouvisse a pergunta, ia se lembrar com lágrimas nos olhos que, tão solidária com o peste do Leonardo do tempo das patacas quanto, agora, sua neta, naquele trecho da leitura fizera a mesma pergunta ao pai. E que ele respondera:

"Crime nenhum, minha preciosa... Ou melhor, o Vidigal tinha poderes para dizer o que era e o que não era crime. Tratando-se de gente pobre, a lei era ele, e as autoridades acima dele não queriam saber de mais nada. Então, se ele simpatizara com os tais primos da Vidinha e, pelo relato deles, tomou implicância contra o Leonardo, isso bastava. Mas você já vai ver o que ele ia aprontar com o Vidigal..."

Izabel continuou a ler, no seu coração acompanhando a leitura que o seu Leonardo fazia, em voz alta, para dona Sofia. A garota agora torcia, nervosa, porque Leonardo ensaiava fugir dos granadeiros, e isso com o Vidigal nos calcanhares dele, suspeitando de suas intenções e vez por outra pegando-o pela gola da jaqueta...

> *Repentinamente uma circunstância veio favorecê-lo. Não sabemos por que causa ouviu-se um grande alarido na rua: gritos, assovios e carreiras. O Leonardo teve uma espécie de vertigem: zuniram-lhe os ouvidos, escureceram-lhe os olhos, e... dando um encontrão no granadeiro que estava perto dele, desatou a correr. O Vidigal deu um salto, e estendeu o braço para o agarrar; mas apenas roçou-lhe com a ponta dos dedos pelas costas. O rapaz tinha calculado bem: o Vidigal distraiu-se com o ruído que se fizera na rua, e aproveitou a ocasião. [...]*
>
> *[...]*
>
> *O major Vidigal fora às nuvens com o caso: nunca um só garoto, a quem tivesse posto a mão, lhe havia podido escapar; e entretanto aquele lhe viera pôr sal na moleira; ofendê-lo em sua vaidade de bom comandante da polícia, e degradá-lo diante dos granadeiros [...] tinha-o [Leonardo] por seu inimigo irreconciliável enquanto não lhe desse desforra completa.*
>
> *[...]*
>
> *O major tinha razão: riam-se com efeito dele; e os primeiros que o faziam eram os granadeiros [...] e uma multidão imensa que tudo havia presenciado desatou a rir estrondosamente:*

[...]
Passarinho foi-se embora,
Deixou-me as penas na mão.
[...]

Izabel mordeu os lábios aflita. Percebeu que o major Vidigal não perdoaria Leonardo. E, realmente, passou a caçar o rapaz pela cidade toda, dando ouvidos a qualquer boato sobre seu paradeiro, na esperança de encontrá-lo. Finalmente, numa tocaia o agarrou, sem que ninguém testemunhasse o episódio, fazendo-o sumir de todo, para aflição de Vidinha, da família dela, e da comadre, que afinal, tendo sabido por onde andava seu afilhado, fora à casa da tocadora de modinhas apenas para ser informada de que ele estava desaparecido. E não era nada difícil saber quem havia dado sumiço no rapaz: "O major o jurou! O major", repetiam todos, de instante em instante, assustados. Mas o desaparecimento de Leonardo foi se prolongando...

Já nossa Izabel, consultando o relógio, viu que em pouco mais de meia hora Leonardo terminaria sua leitura, lá na casa da avó... "E daí vou me encontrar correndo com ele... Ou será que não devo? Será que não é ficar muito oferecida? ... Izabel, que besteira! Lembra só a cara de bobo que ele ficou? Bem, a sua não devia estar melhor, mas ... Pô, a gente esperou tanto tempo, e eu vou ainda me fazer de desinteressada, agora que nós... Izabel, *fui*! Quer dizer! Vou, e já!"...

Na biblioteca, dona Sofia pediu para Leonardo interromper a leitura por um instante, enquanto ia ao banheiro. Leonardo olhou o relógio: faltava meia hora ainda, e mais um tantinho. Nunca aquelas duas horas tinham demorado tanto a passar. E aquele calor todo. Estranho é que não estivesse suando. Mas, desde que chegou, não era apenas a poltrona, que hoje estava lhe parecendo desconfortável, fazendo-o ficar se remexendo sem parar; era também um calor, um fogo que ora passava do estômago para a nuca, ora descia para o umbigo, ora... ora virava um medo danado, toda a vez que pensava que Izabel estaria, e só podia estar, lá fora quando ele saísse. E ao mesmo tempo queria correr para ela e... Calor! Calor!

Só quando dona Sofia saiu, ele se deu conta de que o ar--condicionado estava desligado.

("Ora, vejam só, nesse calor, ar desligado... Que pão-durice da dona Sofia! Mas eu mereço melhores condições de trabalho, certo? Será que ela se aborrece tanto assim se eu der uma ligadinha? Vai ver eu devia pedir, antes, será? Não, não precisa. A dona Sofia é legal.")

Bem que algo até lhe dizia que ar-condicionado nenhum iria adiantar muito contra esse tal calor que sentia, mas foi até as janelas, fechou-as, e ligou o aparelho, olhando de novo o relógio, cada minuto passando mais implicantemente devagar do que nunca. De repente, ouviu um ronco, no ar-condicionado... Foi o tempo de olhar, e a tampa do aparelho foi ejetada à frente, por pouco não indo em cima dele, junto com uma chuva de fagulhas.

Ele ficou paralisado, não acreditando, e ouviu lá dos seus pensamentos:

"O que foi que eu fiz? Meu Deus, não, por favor. Por favor...".

Às suas costas, dona Sofia havia acabado de entrar na biblioteca, já com os sentidos ligados, percebendo algo anormal, tentando adivinhar a situação. Pepê veio correndo bem atrás dela, ambas atraídas pela explosão. O grito de susto veio de Pepê, quando ela viu a cortina começar a pegar fogo. Outro quando Leonardo passou correndo por elas, esbarrando em Pepê, que tropeçou para trás, caindo de costas. Ela sentiu que se chocava contra algo atrás de si, que caía junto com ela, mas nem se tocou, ocupada demais em gritar para alguém chamar os bombeiros, além de todos os xingamentos contra o Leonardo. Muito surpresa, ainda do chão, segundos depois, viu o rapaz voltando pela porta, trazendo nas mãos o extintor de incêndio que dona Sofia fazia questão de ter preso à parede da cozinha, no andar de baixo. O tempo que o garoto, o rosto explodindo de tanto sangue circulando nas artérias e tomado de um tremor nervoso, levara para descer as escadas, desencaixar o extintor e subir de volta, saltando os degraus de quatro em quatro, foi menos do que o de Pepê para se dar conta de que ainda não escutara dona Sofia dizer coisa alguma, e pensar que a senhora, sem poder ver o que estava acontecendo, deveria estar assustada. Foi então que Pepê se deu conta também de que havia qualquer coisa debaixo dela, e virou-se. E, sem olhar para elas, nesse mesmo intervalo de tempo, enquanto Pepê voltava-se, Leonardo desfechou os jatos do extintor contra o aparelho de ar-condicionado que explodira e continuava soltando fagulhas (num movimento rápido, que não o impedira de queimar a mão, ele puxara o fio da tomada, desligando-o da força), e em seguida contra a cortina. O fogo se apagou nas cortinas e no aparelho. E bem nessa hora Leonardo escutou atrás de si o grito horrorizado de Pepê. O garoto se virou, e o que viu o fez largar o extintor da mão. O extintor quicou no assoalho duas vezes, com um repique oco e metálico.

— É sua culpa, seu garoto desgraçado. Tudo sua culpa! Meu Deus, dona Sofia!

Dona Sofia estava caída no chão, desmaiada. Havia batido a cabeça numa quina das estantes, na queda, e a testa estava sangrando muito — o sangue descendo pelo rosto, manchando a roupa, uma blusa de linho branca, e as mãos de Pepê, que tentava amparar a cabeça da senhora. Pepê continuava a gritar, pedindo ajuda e culpando Leonardo. Lá de baixo, as empregadas vinham subindo correndo as escadas. Leonardo deu dois passos em direção a Pepê e dona Sofia. Pepê soltou outro grito contra ele, afastando-o, e, mesmo já sem conseguir entender direito o que ela havia dito, a expressão de raiva e desespero dela, de repente, fez a mente do garoto como que se apagar, e ele não enxergou mais coisa nenhuma. Saiu correndo. Do casarão, da vila, e só o que pensava era em sumir dali para sempre.

• 9 •

Diabruras

Querendo muito saber do destino do Leonardo lá do tempo das súcias e modinhas, Izabel não interrompia mais a leitura. Ficou controlando o relógio, decidida a sair em disparada quando faltassem dez minutos para a hora em que Leonardo largava o serviço de ledor — seria o tempo exato de, aproveitando a corrida (ela imaginou a cena com um arrepio no corpo que chegou a fazê-la amolecer) vila adentro até o portão do casarão, vir, vir, e se atirar em cima dele, bem no instante em que ele viesse saindo.

O mistério do desaparecimento do Leonardo, para aflição principalmente da comadre, foi desvendado de uma maneira surpreendente. O fato é que, depois de muitas lágrimas e gemidos pelo sumiço de seu galante amigo, Vidinha andou sabendo que o seu Leonardo, no intervalo entre uma modinha e outra, ia tomar um caldo de carne na casa de um funcionário do governo, encarregado da *Ucharia Real*, nada mais do que a central de abastecimento da despensa do rei. Leonardo, é claro, só tinha apetite para o caldo quando o encarregado não estava em casa.

No que soube da história do caldo, Vidinha resolveu entorná-lo, ou seja, fez um escândalo na casa do encarregado, desta vez com este presente, deixando a mulher dele em péssima situação diante do marido. Satisfeita, Vidinha voltou para casa, e agora com o encarregado da Ucharia Real no seu rastro, caidinho por ela. E esse homem era de fato um encarregado de abastecimento de despensas do rei muito eficiente, porque, às custas do rei, a despensa da casa de Vidinha passou a estar abastecida como nunca.

Entre uma abastecida de despensa e outra, Vidinha começou a achar que o encarregado não era assim, nas palavras dela, "mal-apessoado". A família de Vidinha concordou com ela, o homem passou a frequentar a casa, a ser brindado com as modinhas de Vidinha, e, já não tendo Leonardo nem o seu sumiço no pensamento, Vidinha, ou outro alguém naquela casa, propôs que "se solenizasse o restabelecimento do sossego e as *novas venturas* com uma súcia fora da cidade". O encarregado da Ucharia Real, é claro, foi o convidado de honra, já que...

> *[...] era ele um dos motivos da festa. Infelizmente porém ele tinha um defeito: no estado ordinário costumava beber sofrivelmente; quando tinha algum motivo de alegria costumava dobrar a dose, e quando isto sucedia dava-lhe para valentão e desordeiro. Disto resultou que no meio da súcia [...] deu-se por ofendido, não sabemos por quê, e começou por agarrar nas pontas da esteira que servia a mesa, e fazer voar sobre a cabeça dos convivas pratos, garrafas, copos e tudo o mais. [...] Reinava por consequência uma algazarra infernal.*
>
> *Quando menos o esperavam, viu-se surdir dentre as moitas o major Vidigal fechando um círculo de granadeiros que partiam de sua esquerda e da sua direita, e que encerravam toda a súcia.*
>
> *— Segura aquele homem, granadeiro, disse o major a um dos seus soldados, apontando o toma-largura [o encarregado da Ucharia Real] que se achava em pé,*

cambaleando, tendo numa mão um balaio em que viera a farinha, e na outra uma garrafa com que ameaçava os circunstantes.

[...]

O granadeiro deu um passo para o toma-largura. [...]

E o granadeiro em questão era nenhum outro senão o Leonardo! Mas Leonardo não se deu ao prazer de, por vingança, atirar o toma-largura no calabouço do Largo da Sé. Isso porque o homem estava tão bêbado, e era tão pesado, que os granadeiros o deixaram emborcado no chão, sem ânimo para carregá-lo dali. E foi essa a sua última participação nesta história.

E já o reaparecimento do Leonardo fazia Izabel abrir a boca, espantada, e ao mesmo tempo soltar uma risada. Pois virar granadeiro, e logo sob as ordens do Vidigal, foi a maneira como o Leonardo arranjou para se safar do castigo que o ditatorial chefe da polícia lhe preparava.

Não que isso tenha interrompido a guerra particular entre os dois... Mesmo engajado, um granadeiro agora, sob as ordens do major, quando podia, Leonardo continuou aprontando. Até que fez uma que passou de todas as medidas, numa brincadeira que simulava o enterro do major, com direito a um canto fúnebre debochado...

Os gaiatos e suciantes da cidade, a quem o major Vidigal dava constantemente caça, lembraram-se de imortalizar as suas façanhas por qualquer meio, e inventaram um fado com o seguinte estribilho nas cantigas:

Papai lelê, seculorum.

Nesse fado a personagem principal representava o major que, figurado morto, vinha estender-se amortalhado no meio da sala; as demais personagens canta-

vam-lhe em roda cantigas alusivas, que terminavam todas pelo estribilho que acima indicamos.

O major, que disto soubera, andava em busca de uma ocasião oportuna para tirar desforra de semelhante gracejo, que dava a entender qual era, a seu respeito, o desejo dos que o tinham inventado. Teve um dia denúncia que numa casa do morro da Conceição se preparava para essa noite um rigoroso — papai lelê, — e dispôs as coisas para pilhar os da roda em flagrante.

[...] Ao Leonardo coube a incumbência de ser a vedeta mais próxima ao inimigo, e de dar o primeiro sinal. Marchou pois adiante, e os companheiros postaram-se à espera. Esperaram por um longo tempo, e cansaram de esperar; finalmente [...] ouviram três vezes seguidas um longo assovio, que era o sinal negativo convencionado. Em virtude disto dispersaram-se [...] e foram depois reunir-se ao major embaixo da ladeira [...] Aí reunidos, esperaram muito tempo pelo Leonardo sem que ele aparecesse. O major principiou a cismar com o caso; de novo e repentinamente deu ordem de subir o morro. Subiram com efeito, e marchando desta vez o major adiante, foram ter à casa indicada. Com surpresa de todos, apenas se foram aproximando viram luzes e ouviram o zum-zum das violas e a toada das cantigas. Fervia dentro o fado rigoroso. Sem necessitar grandes precauções, porque todos pareciam entregues à maior segurança, cercou o major a casa, e apanhou tudo, como se costuma dizer, com a boca na botija. [...]

Achava-se a personagem que representava o papai amortalhado em um lençol, com a cabeça coberta, deitado no chão, e a chusma em roda a cantar e a dançar.

[...] Ressuscitou [...] o morto [...]. Procurou [...] evadir-se por uma janela, conservando sempre a cabeça co-

berta: os granadeiros seguraram-no, e o major disse-lhe [tirando-lhe o pano da cara]:

— Ora vamos ver a cara do defunto...

Um grito de espanto, acompanhado de uma gargalhada estrondosa dos granadeiros, interrompeu o major. Descoberta a cara do morto, reconheceu-se ser ele o nosso amigo Leonardo!...

E tantas outras fez o Leonardo que o major o enfiou na cadeia do quartel dos granadeiros, jurando que de lá ele não sairia inteiro. Segundo o major, dessa vez, "o castigo devia ser infalível e grande". Nesse ponto foi que Izabel interrompeu a leitura. Alegre da vida, já sentindo de volta o gosto do beijo do Leonardo que pensava reencontrar daí a minutos, já tomada, completamente tomada, por aquela felicidade de chegar quase a não acreditar que o que ela mais queria estava começando a acontecer afinal, e quando chegou na vila, estranhou o portão aberto, escancarado. Estranhou aquele amontoado de gente que via, lá no final, junto do portão da casa da sua avó. Estranhou mais ainda quando conseguiu enxergar uma ambulância, e aí correu mais, e assustada. Chegou junto da ambulância quando a maca transportando sua avó ainda desacordada era colocada dentro da traseira do veículo. E Pepê, aflita, não parava de repetir para os vizinhos, consternados:

— Foi ele, o tal do Leonardo. Ele passou por mim me empurrando, e eu sem querer esbarrei na dona Sofia, coitada! Eu avisei a ela. Disse que ia acontecer alguma coisa. Ele fugiu, o coisa ruim. E a dona Sofia, coitada. Coitada!... — E os vizinhos amparavam Pepê, que não parava também de chorar e gemer em uivos que mais faziam parecer que um terremoto — combinado a um furacão, e quem sabe também a uma invasão de alienígenas da raça mata-e-esfola — estivesse se abatendo bem ali sobre a diminuta vila encravada na grande cidade.

• 10 •

Contrariedades

— Pepê!

Dona Sofia nunca se dirigira a sua governanta com tanta impaciência na voz. Faltou pouco para aquilo ser um grito. Pepê calou-se, arregalando os olhos, surpresa. Dona Sofia soltou então um suspiro desalentado, tentando recuperar a calma. Izabel a olhava, muito quieta, com olheiras de preocupação, depois de duas noites sem dormir, ora procurando, ora esperando pela volta de Leonardo.

Dona Sofia tinha um curativo na testa, no ponto onde se ferira. Passara uma noite no hospital em observação e fora liberada de manhã, sem maiores problemas. Fora um resto de cheiro de queimado na biblioteca, a perda da cortina e do ar-condicionado, que estava mesmo em curto, como havia suspeitado dona Sofia, antes do incidente, não houvera consequências do incêndio.

Trazida de táxi do hospital, pela filha e a neta, dona Sofia fora recebida na porta de casa por uma chorosa Pepê, cheia de desculpas (estava se sentindo culpada por ter esbarrado nela e provocado sua queda), nervosa e preocupada a ponto de não ter se deixado convencer apenas por haverem lhe dito que dona Sofia estava bem ("Só vou sossegar quando vir dona Sofia entrar em casa andando!"...[fungada! soluço! fungada!]). E no mais, a cada cinco palavras que saíam de sua boca, três, agora, eram para despejar pragas e acusações contra o Leonardo. Finalmente, em seu quarto, recostada na cama, e como Pepê ainda não houvesse parado sua ladainha, repetindo já pela décima vez que "tudo fora culpa dele! tudo culpa dele!", para aflição e tristeza de Izabel, que não largava do lado da avó, dona Sofia encheu-se:

— Culpa dele, culpa dele! — disse, impaciente dona Sofia, arremedando Pepê, que fez uma cara de total espanto. — Quem apagou aquele incêndio? Ele foi é muito corajoso! E com você gritando horrores contra o garoto.

— Mas foi ele que ligou o ar-condicionado! Quem mandou, o enxerido! Ele...

— Pepê, ele não sabia do defeito. Foi sem querer.

— Sem querer! É o que ele sempre...

— Pepê, por favor! — E dona Sofia, projetando-se à frente e adivinhando onde estava a governanta, agarrou-lhe ambas as mãos como se fosse sacudi-la. — Eu sei que você não é uma megera dessas! Não é possível que não esteja preocupada com o Leonardo. O garoto está sumido há dois dias. E os pais dele, Pepê? Izabel disse que estão desesperados.

Pepê soltou uma fungada, no capricho, dessa vez, e olhou para Izabel. Aí, deu foi um gemido...

— Eu... fiquei na hora tão assustada. Pensei que a senhora tinha... tinha...

— Pepê, não vou cometer a indelicadeza de morrer sem lhe avisar antes. Estamos combinadas?

Pepê ficou olhando sem ação para dona Sofia por instantes, depois deu uma risadinha frágil, que logo cessou. E retornou à sua expressão enfezada de sempre. Mas, de fato, era o primeiro instante, desde que vira dona Sofia caída sem sentidos no chão da biblioteca, que parava de chorar. Dona Sofia conhecia tão bem a outra mulher que pôde imaginar todo o conflito que ia por dentro dela, a implicância teimosa com

Leonardo lutando contra o bom coração escondido naquele peito magro.

— Quer um chá, dona Sofia — ofereceu enfim Pepê. — E para o almoço, o que vai ser? Izabelzinha... garanto que você não tem se alimentado direito. Olha só a sua cara, meu Deus!

Izabel sorriu, sem apagar a tristeza do rosto. Dona Sofia ajeitou-se melhor, recostada na cabeceira da cama.

— Um chá ia muito bem, Pepê. Para o almoço, bem... que tal... ? Ora! Deixo você escolher. Qualquer coisa simples.

— Ia mandar fazer uma macarronada com molho branco.

— Parece muito bom.

Pepê balançou a cabeça, satisfeita, e deixou o quarto. Izabel foi para junto da avó, na cama. Dona Sofia puxou a neta para o seu colo. Izabel murmurou:

— Eu estou desesperada, vovó. O Leonardo... ele disse que ia fugir para sempre, se não conseguisse fazer as coisas certas desta vez. Ele deve estar se achando um desastre! Se é que não acha...

— ... Que me matou. É, deve estar muito assustado, o garoto. Tem certeza de que procurou em todos os esconderijos de vocês? Aqueles em que vocês se enfiavam juntos, quando eram crianças?

— Procurei em todos os lugares. E falei com todos os amigos dele. Ele não está na vila, vovó. Não é como quando ele fugia de casa, agora é sério. Ele se soltou no mundo. E agora, que jeito ele vai dar na vida? Que rumo vai tomar, por aí, largado, sozinho?

— Eu sei... Eu sei... — disse ela consolando a garota. — Acho, minha querida, que só o que a gente pode fazer é esperar. E rezar um pouco, quem sabe? Sempre ajuda.

Izabel se apertou muito, muito forte contra dona Sofia. Não disse mais nada, mas a senhora pôde sentir que o cansaço de quarenta e oito horas acumulado foi aos poucos vencendo a resistência da garota. Ali, grudada em dona Sofia, Izabel se permitiu relaxar, e quando Pepê entrou no quarto trazendo a bandeja de chá, a garota dormia no colo da avó, que estava de cenho franzido de preocupação e com os lábios movendo-se mudamente, pedindo a Deus que desse a Leonardo juízo bastante para ele voltar para casa.

O mesmo pedido, aliás, que, deitados em sua cama sem conseguirem fechar o olho, de mão dada, embora cada qual consigo mesmo, mudamente, dona Ida fazia para sua Santa Bárbara, e seu Nasário, reencontrando no espírito a devoção muçulmana de sua mãe, com suas tantas exaltações, fazia ao deus dos desertos, das histórias mágicas e de todos os seres... os terrenos, *normais*, e os nem tão normais assim. No suspiro conjunto do casal, havia algo da essência de mais de vinte anos de convivência. Ambos o sentiam, e apertavam-se mais a mão um do outro, confiando que o amor deles era que iria lhes trazer de volta o filho inteiro e bem... "Deus queira!"... "*Inshalá!*".

• 11 •

A volta

Que havia bruxas entre as antepassadas de dona Sofia, disso ela não tinha grandes dúvidas. Mas que muitos rumores sobre personagens de sua família haviam se transformado em lendas e histórias com o decorrer dos anos, era também possível de se supor. Na biblioteca, havia uma série de sete volumes enormes, encadernados em couro, com o relato manuscrito de várias dessas mulheres da família, que havia chegado ao Brasil aí pela metade do século XVII. Duas delas haviam sido queimadas em fogueiras da Inquisição, quando o Santo Ofício andou caçando o demônio por estas terras. Havia também uma, muito famosa, moradora de um logradouro do Rio de Janeiro chamado Arco do Telles, junto ao cais onde d. João desembarcou no Brasil, lá no tempo do Leonardo, aquele que o major Vidigal havia prendido em seu calabouço, ameaçando de castigos e mais castigos, e por quem a comadre tanto procurou até que descobriu seu paradeiro. Aquela mulher, bisa-bisa-bisa-avó (ou mais distante ainda) de dona Sofia, era dita *bruxa*. Espalhava-se que, além de ler o futuro e fazer feitiços sob encomenda, costumava roubar bebês recém-nascidos e crianças abandonadas nas ruas, a quem sacrificava em rituais de magia demoníaca que tinham por objetivo perpetuá-la jovem e linda, e lhe conferiam outros poderes sobrenaturais.

Segundo as anotações feitas pela própria mulher, entretanto, nada disso era verdade. A mulher era uma estudiosa de ciências místicas muito antigas, como a cabala e a alquimia. Conhecia toda a astronomia de sua época, além de defender pontos de vista sobre as leis da natureza que só no futuro seriam explorados. Seus conhecimentos medicinais, entre outros, num tempo em que era tão raro até uma mulher saber ler, é que faziam que a olhassem com suspeitas. Tinha três nomes. O que havia ganho em batismo, Filomena, o que adotara por causa de uma ancestral sua, Sarah, e o que acrescentara depois, por inspiração de seus estudos, Pandora.

Por que dona Sofia estaria pensando justamente nesta ancestral, passando um tanto da meia-noite, ela jamais saberia. E por que uma frase célebre do livro — "O amor os inspirava bem"— retinia repetidamente em seus pensamentos, sem deixar que conciliasse o sono? Coincidência? Premonição?

Izabel já estava deitada, no quarto sempre reservado para ela, colado ao da avó. De repente, dona Sofia escutou um barulho, vindo de fora. Era um assovio? Outro? ... Silenciosamente, como só quem desliza no escuro é capaz de se mover, a senhora levantou-se da cama, vestiu seu robe e desceu as escadas. Ouvido colado à porta da frente do casarão, esperou, até que soou de novo o assovio. Rapidamente, ela destrancou a porta e abriu-a.

Um minuto depois, quando Izabel sonhava com os únicos beijos que ela e Leonardo haviam se dado, alguém começou a alisar os seus cabelos. A menina sentiu que a despertavam, e ela não queria. Não queria retornar para onde não estivessem ela e Leonardo juntos. Resistiu, choramingou, brigou... Então sentiu um beijo nos seus lábios e pensou que estava sonhando de novo. Ficou feliz por isso. Daí, veio outro beijo, mais outro. E quando Izabel percebeu, alguém a ergueu do travesseiro, abraçando-a. Ela abriu os olhos.

Era Leonardo...

• 12 •

Conclusão feliz

A incansável comadre foi a salvação de Leonardo. E isso porque conhecia uma determinada fraqueza do major Vidigal, uma fraqueza antiga. Sobre essa fraqueza, conversavam ela e dona Maria, aquela mesma tia de Luisinha, o primeiro amor do peste do tempo do rei...

> *— Está bom, não se aflija, comadre [...] vamos à casa dela, que por lá é caminho certo; ela dá-se muito comigo, há de pedir pelo moço.*
>
> *— Já me tinha lembrado disso; mas na tribulação em que vinha tornou-me a esquecer; se com ela não se arranjar alguma coisa... está tudo perdido.*
>
> *Os leitores estão já curiosos por saber quem é ela, e têm razão; vamos já satisfazê-los. O major era um pecador antigo, e no seu tempo fora daqueles de quem se diz que não deram o seu quinhão ao vigário: restava-lhe ainda hoje alguma coisa que às vezes lhe recordava o passado: essa alguma coisa era a Maria-Regalada que morava na Prainha. Maria-Regalada fora no seu tempo uma mocetona de truz, como vulgarmente se diz: era de um gênio sobremaneira folgazão, vivia em contínua alegria, ria-se de tudo, e de cada vez que se ria fazia-o por*

muito tempo e com muito gosto: daí é que vinha o apelido — regalada — que haviam juntado ao seu nome.

Isto de apelidos, era no tempo desta história uma coisa muito comum; não estranhem pois os leitores que muitas das personagens que aqui figuram tenham esse apêndice ao seu nome.

[...]

Isto tudo vem para dizermos que Maria-Regalada tinha um verdadeiro amor ao major Vidigal; o major pagava-lho na mesma moeda. Ora, d. Maria era uma das camaradas mais do coração de Maria-Regalada. Eis aí por que falando dela d. Maria e a comadre se mostraram tão esperançosas a respeito da sorte do Leonardo.

Já naquele tempo (e dizem que é defeito do nosso) o empenho, o compadresco, eram uma mola real de todo o movimento social.

[...]

D. Maria aprontou-se, meteu-se na sua cadeirinha; a comadre tomou a mantilha, e partiram para a Prainha.

Maria-Regalada recebeu-as com uma boa risada.

— Que milagre de Santa Engrácia! que fortuna! que alegrão! O que a traz por aqui? Isto é grande novidade!

[...] queriam nada menos do que a soltura e perdão do Leonardo, e contavam para alcançar semelhante coisa com a influência da Maria-Regalada sobre o major.

Maria-Regalada bem que quis se fazer de modesta — "... eu já não presto para nada... isso era bom noutro tempo... agora... o major... as coisas estão mudadas...". D. Maria, no entanto, insistiu, e logo "Maria-Regalada vestiu-se à pressa, tomou a sua mantilha, e ao lado da cadeirinha em que ia dona Maria partiram as três para a casa do major".

[...] O major recebeu-as de rodaque de chita e tamancos, não tendo a princípio suposto o quilate da visita; apenas porém reconheceu as três, correu apressado à camarinha vizinha, e envergou o mais depressa que pôde a farda; como o tempo urgia, e era uma incivilidade deixar a sós as senhoras, não completou o uniforme, e voltou de novo à sala de farda, calças de enfiar, tamancos, e um lenço de Alcobaça sobre o ombro, segundo seu uso. [...]

E logo estavam as três, principalmente Maria-Regalada, defendendo Leonardo e pedindo por ele — "O seu granadeiro Leonardo é um bom rapaz". Mas, nada de o major ceder. Então...

[...] as três a um só tempo, e como de combinação, desataram a chorar... O major parou... encarou-as um instante: seu semblante foi visivelmente enternecendo, enrugando, e por fim desatou a chorar também de enternecido. Apenas as três se aperceberam deste triunfo carregaram sobre o inimigo. Foi então uma algazarra, uma choradeira sem nome, capaz de mover as pedras.

O major logo se recompôs, mas queria "fazer-se de rogado". Então, Maria-Regalada apelou para o seu último recurso. Pediu um minutinho de conversa em particular com o major, e lá no cantinho, só ela e ele, tanto fez que, quando o rapaz voltou, foi anunciando...

[...] O rapaz está livre de tudo; contanto que, acrescentou dirigindo-se a Maria-Regalada, o dito, dito...

— Eu nunca faltei à minha palavra, replicou esta.

Retiraram-se as três cheias do maior contentamento, e o major saiu depois também para cumprir a sua promessa.

Nessa altura, nosso Leonardo de cá, com uma Izabel de olhar tão meigo para ele que no que a olhava também se sentia derreter por dentro, interrompeu a leitura. A garota e ele já não conseguiam se desgrudar. Assim, enquanto ele lia, ela, sentada na banqueta da escrivaninha, que puxara para junto das poltronas, tinha o braço enfiado no dele. Dona Sofia adivinhou o motivo da pausa, a troca de olhares entre os dois...

— Falta pouco, Leonardo! Agora é só a *Conclusão feliz* — disse a senhora.

Leonardo e Izabel sorriram juntos, e o garoto retomou a leitura, e de cara, no capítulo seguinte, uma surpresa. A sobrinha de dona Maria, a Luisinha, o primeiro amor de Leonardo do tempo em que o Vidigal podia tudo e o quati lambia, havia acabado de enviuvar. O marido, aquele mesmo pretendente, o José Manuel, que de fato se casara com Luisinha mais interessado nas finanças da tia, morrera de um mal súbito, deixando a Luisinha desimpedida justo quando Leonardo, já sem quem lhe cantasse modinhas nem quem lhe servisse caldo de carne, estaria de novo disponível.

No enterro, uma surpresa. Apareceu o Leonardo...

Foi aquilo objeto de geral espanto. Ficariam todos muito contentes com a simples soltura do Leonardo; e não só ele aparecia solto e livre, como até elevado ao posto de sargento, o que já não é no exército pouca coisa.

O Leonardo começou a procurar com os olhos alguma coisa ou alguém que tinha curiosidade de ver; deu com o que procurava: era Luisinha. Há muito que os dois não se viam; não puderam pois ocultar o embara-

ço de que se acharam tomados. E foi tanto maior essa emoção, que ambos ficaram surpreendidos um do outro. Luisinha achou Leonardo um guapo rapagão de bigodes e suíça [...] Leonardo achou Luisinha uma moça espigada, airosa mesmo, olhos e cabelos pretos, tendo perdido todo aquele acanhamento físico de outrora. [...]

[...]

A comadre, que dava uma perspicaz atenção a tudo o que se passava, como que leu na alma do afilhado aqueles pensamentos todos [...]

Não há nada que interrompida mais depressa se reate do que seja a familiaridade em que o coração é interessado. Não se estranhe pois que Luisinha e Leonardo a ela se entregassem.

E foi assim que, depois de mais umas poucas atrapalhações, "Passado o tempo indispensável do luto, o Leonardo, em uniforme de sargento de milícias, recebeu-se na Sé com Luisinha, assistindo à cerimônia a família em peso"...

— Etecétera... Etecétera... — disse dona Sofia, contente da vida, batendo palmas duas vezes, discretamente, depois que o narrador da história declarou seu "ponto final".

Um instante de silêncio, que dona Sofia adivinhou que o casalzinho à sua frente aproveitava para dar-se um beijo de comemoração pela tarefa cumprida, e Leonardo já foi perguntando:

— E amanhã, a gente começa outro livro? Qual?

— Amanhã... a gente vê! — respondeu dona Sofia, levantando-se. — Agora, você pode sair "meia horinha mais cedo" hoje. Tenho um assunto aqui para resolver.

Izabel e Leonardo levantaram-se mais do que ligeiros como se temessem que dona Sofia mudasse de ideia. Izabel apressou-se a devolver a banqueta ao seu lugar, junto à escrivaninha, e eles se despediram, cada um dando dois beijinhos no rosto da senhora. Foram embora tão agarradinhos como se as sombras deles tivessem nascido juntas. Cruzaram na porta por Pepê, e falaram com ela de passagem. Dona Sofia, que havia se dado conta da chegada de sua governanta, estranhou o prolongado silêncio...

— Pepê — arriscou por fim dona Sofia. — Impressão minha, ou você está aí parada na porta, toda boba com o amorzinho da minha neta com o seu vizinho peste?

— Bem... — Pepê engasgou três, quatro vezes, antes de conseguir responder. — Quem sabe a Belzinha dá um jeito nele?

— Mas você não dizia que ele *não tinha jeito*?

— Ora... a Belzinha... Bem...

— Sei — disse dona Sofia sorrindo. — Está tudo bem, Pepê. Você veio se despedir por hoje?

Mal Pepê deixou a biblioteca, dona Sofia dirigiu-se para a sua escrivaninha, abriu-a, deu o *boot* no seu *laptop*, e um minuto depois o programa sintetizador de voz lia alto o e-mail da sua netinha, Fiona, que lá da Itália perguntava qual tinha sido o final da história. Aliás, das duas histórias, a do Leonardo dos mil e oitocentos e o da vila...

Dona Sofia digitou seu e-mail para Fiona:

"Ora, Fiona, as duas histórias terminaram como muitas histórias terminam, principalmente as histórias de amor. Quer dizer, muitas terminam não terminando. Terminam no ponto em que estão começando. Leonardo de lá junto com Luisinha; Leonardo de cá e Izabel mais apaixonados do que pensavam que estavam. Como sempre estiveram. Sei que isso deve parecer muito engraçado para você. É engraçado para mim também. Mas é assim. Quando você vier me visitar, nas suas férias, vamos ler juntas um bando de histórias. Podem ser histórias engraçadas, como esta do *Memórias de um sargento de milícias*. Mas podem ser também histórias de amor. Ou de aventura. O que você prefere? Histórias tem de todo jeito. E, de vez em quando, você descobre uma que vai se tornar sua amiga. Para toda a vida. Dessas que a gente quer visitar outra vez e outra vez. Você vai achar engraçado isso que estou escrevendo, não vai? Um beijo, minha bruxinha querida. Nosso *chat* fica pra daqui a pouco como sempre, não é?"

Outros olhares sobre *Memórias de um sargento de milícias*

Você acompanhou o encontro do Leonardo de hoje com os dois Leonardos do clássico de Manuel Antônio de Almeida. Agora, saiba mais sobre Memórias de um sargento de milícias *e sobre outras criações inspiradas por essa obra.*

A Portela estava toda lá. Os sambistas, coração na boca, ouviam, uma a uma, as notas dadas ao desfile da escola. Quando, no final da apuração, o locutor anunciou a vencedora do carnaval, a tensão contida durante todos aqueles meses explodiu num grito emocionado. A bateria, que já ensaiava a comemoração da vitória, nem piscou. Caixas, cuícas, surdos e tamborins deram o mote para a escola cantar mais uma vez o tema campeão, composto por Paulinho da Viola. E colocar de novo na avenida um certo sargento de milícias.

Levadas às ruas do Rio de Janeiro pela Portela, em 1966, as proezas dos personagens do livro de Manuel Antônio de Almeida (1831-1861) ganharam as simpatias dos jurados e da multidão. Não era para menos. Nada mais apropriado ao clima do carnaval carioca do que a atmosfera descontraída, muitas vezes festiva, que serve de pano de fundo às aventuras vividas pelos protagonistas de *Memórias de um sargento de milícias*. Mas o carnaval tem outras afinidades com a obra de Almeida: a ironia, a sátira, o exagero nas características de alguns personagens, o que acentua seu aspecto caricatural, entre o cômico e o ridículo.

Velhacos, invariavelmente metidos em confusões, os protagonistas Leonardo Pataca — pai e filho — vão, sem nenhuma cerimônia, na contramão dos heróis de seu tempo. Não

J. Antonio/AJB

Desfile da escola de samba Portela, em 1966: campeã com o enredo "Memórias de um sargento de milícias".

são ricos, nem sentimentais, nem refinados. Não circulam em ambientes sofisticados, mas nos locais mais simples e populares do Rio de Janeiro, à época de dom João VI. Tampouco são os namorados ideais com os quais as mocinhas de então sonhavam. Malandros, porém incapazes de resistir aos chamados da paixão, pai e filho são, na verdade, anti-heróis românticos. Um tanto excêntricos para os padrões do Romantismo brasileiro, como apontou o professor Antonio Candido, mas nem por isso menos apaixonados.

O fato é que o amor os leva a viver situações engraçadas, toscas, sem o requinte habitual dos heróis da literatura ultrarromântica de então. Os Pataca movem-se num cotidiano nu e cru, que o autor não se preocupou em pintar com cores belas. Ao contrário, a intenção era mesmo mostrar, sem retoques, a vida, o cenário, os trajes e os costumes das camadas populares cariocas sob a monarquia — e seus artifícios para sobreviver em meio a hábitos nada exemplares. Um retrato em branco e preto dos vícios da capital do Brasil-colônia. Uma sátira ao Rio de Janeiro do início do século XIX.

O modo como o romance foi escrito complementa esse retrato. Informal, direta, quase uma conversa com o leitor, a linguagem usada em *Memórias* é responsável pelo clima de descontração presente do começo ao fim do livro. Almeida, que trabalhava em jornal, utilizou o estilo jornalístico (estamos falando da

Cena carioca do século XIX, em litografia feita a partir de desenho de Johann Moritz Rugendas: Manuel Antônio de Almeida mostra o cotidiano popular da época.

imprensa do século XIX, claro!) para tornar ainda mais "realista" a narrativa. Esses dois recursos tornaram Manuel Antônio de Almeida um caso à parte na literatura da época. Antes dele, não era comum utilizar, como ele fez, a linguagem coloquial, quase jornalística no romance. Nem a narrativa imparcial, sem nenhum traço moralista, caminho que só prosperaria — mas de modo bem diferente — no Realismo, anos depois.

Escritor anônimo

O modo simples, quase oral de expressar-se era natural em Almeida. De origem humilde, ele conhecia, por experiência própria, a vida, as mazelas e a fala do povo. Foi a falta de condições financeiras, por sinal, que o levou a escrever profissionalmente. Para custear os estudos de medicina, Almeida redigia críticas e crônicas para o *Correio Mercantil*, jornal carioca que publicou em seu suplemento dominical, "A Pacotilha", os capítulos semanais de *Memórias.* Detalhe: Manuel Antônio de Almeida não assinava os folhetins, que saíram entre 1852 e 1853. Tampouco assinou os dois volumes do livro, publicados em 1854 e 1855. Esse é um dos indicadores de que ele não tinha grandes aspirações literá-

Reprodução/Agência Estado

Machado de Assis: antes de se consagrar, o escritor foi funcionário do autor de *Memórias de um sargento de milícias.*

rias. Outro: *Memórias* foi seu único livro.

Em 1858, Almeida, médico que nunca exerceu a profissão, foi nomeado diretor da Tipografia Nacional. Um de seus subalternos era nada mais nada menos do que Machado de Assis, na época um tipógrafo muito pobre. Almeida o ajudou e, três anos depois, decidiu entrar para a vida pública. Candidatou-se a deputado. Perdeu a vida durante a campanha, num naufrágio na baía de Guanabara.

Considerado um dos romances mais interessantes e movimentados da literatura brasileira, *Memórias* tem vários admiradores célebres. É o caso do escritor Mário de Andrade, um dos fundadores do Modernismo brasileiro. Aliás, seu famoso personagem Macunaíma, o "herói sem nenhum caráter", costuma ser comparado com Leonardo Pataca. Um influenciado confesso da obra de Almeida é o romancista e cronista Carlos Heitor Cony, que escreveu:

> *Condenei-me à leitura desde cedo. O primeiro livro que me impressionou, que me deu vontade de tê-lo escrito, foi* Memórias de um sargento de milícias*, de Manuel Antônio de Almeida. Releio sempre, e sempre com prazer. Minha obra está toda marcada por ele.*

Alexandre Campbell/Folha Imagem

O escritor Carlos Heitor Cony: influenciado por *Memórias.*

Pintura, quadrinhos, TV, teatro...

Memórias também expressa — e como! — a cultura popular. A simplicidade do tema, o modo como a ação se desenvolve, as situações criadas pelo autor, o estilo são marcadamente populares. Se isso causou estranheza no leitor da segunda metade do século XIX, não teve o mesmo efeito em relação às artes plásticas. O pintor carioca Antonio Firmino Monteiro (1855-1888) homenageou Vidigal (personagem que, por sinal, é baseado num oficial que realmente existiu) com um quadro que leva seu nome.

No século XX, o livro de Almeida foi traduzido para várias línguas e publicado em diversos países. A Unesco, órgão da Organização das Nações Unidas, deu-lhe um lugar de honra ao colocá-lo em sua coleção de obras representativas do mundo inteiro. *Memórias* também virou história em quadrinhos produzida em 1957 por Marcelo Monteiro (roteiro e desenhos) e publicada pela Ebal.

Além disso, podem ser citadas peça de teatro e até atração da TV Globo, dirigida por Guel Arraes. O programa "Vidigal - Memórias de um sargento de milícias", adaptação para a TV de Carlos Gerbase, ganhou a medalha de ouro do Festival de Televisão e Vídeo de Nova York, em 1996.

Reprodução

Reprodução

Capa e página interna de versão em quadrinhos de *Memórias*: livro também inspirou criações de tevê e teatro.

Martinho da Vila, em 1971, gravou o samba-enredo de Paulinho da Viola, que deu a vitória à Portela. E ainda pôs no álbum o nome da música: *Memórias de um sargento de milícias.* Millôr Fernandes e Carlos Lyra são parceiros de uma canção também inspirada no livro de Manuel Antônio de Almeida. Um sucesso, essas memórias.

Para terminar, a letra de Paulinho da Viola, *Memórias de um sargento de milícias*, que fez o Rio de Janeiro vibrar com a Portela, na avenida:

Memórias de um sargento de milícias

Era o tempo do Rei, quando aqui chegou
Um modesto casal, feliz pelo recente amor
Leonardo tornando-se meirinho
Deu a Maria Hortaliça um novo lar
Um pouco de conforto e de carinho
Dessa união nasceu um lindo varão
Que recebeu o mesmo nome do seu pai
Personagem central da história que contamos nesse carnaval

Mas um dia Maria fez a Leonardo uma ingratidão
Mostrando que não era uma boa companheira, provocou a separação
Foi assim que o padrinho passou a ser, do menino, tutor
A quem deu toda dedicação
Sofrendo uma grande desilusão
Outra figura importante em sua vida foi a comadre parteira popular
[...]

Havia nesse tempo aqui no Rio
Tipos que devemos mencionar
Chico-Juca era mestre em valentia e por todos se fazia respeitar
O Reverendo amante da cigana, preso pelo Vidigal
O justiceiro, homem de grande autoridade
Que à frente dos seus granadeiros era temido pelo povo da cidade
Luisinha, primeiro amor que Leonardo conheceu
E que dona Maria a outro como esposa concedeu
[...]